Cris Meyer
Nervenkitzel
Zieh dich aus!

AF189629

Zum Buch:

Die seit Jahren ungeküsste Sabine bricht aus ihrem trostlosen Ehealltag aus und trifft auf den von seiner herrischen Partnerin unterdrückten Michael, der in fremden Betten Trost sucht. Sie erleben einen berauschenden Frühling voller Abenteuer und sexueller Eskapaden, bis sie delikate Beweisfotos ihrer Ausschweifungen im Briefkasten finden. Eine lustvolle Geschichte von Menschen wie du und ich, die lange verdrängte Begierden ausleben und dabei die eine oder andere Überraschung erleben.

Zum Autor:

Der Autor lebt in Süddeutschland und arbeitet als Manager in einem global operierenden Industriekonzern. Cris Meyer ist ein Pseudonym.

Cris Meyer

# Nervenkitzel

ZIEH DICH AUS!

Bibliographische Information der Deutschen
Nationalbibliothek:
Die Deutsche Nationalbibliothek verzeichnet diese
Publikation in der Deutschen Nationalbibliographie;
detaillierte bibliographische Daten sind im Internet
unter http://dnb.dnb.de abrufbar.


© 2016 Cris Meyer
Herstellung und Verlag:
BoD – Books on Demand, Norderstedt


ISBN: 9783746015446

## Delikate Entdeckung und folgenreicher Entschluss

Stirnrunzelnd betrachtete Sabine das eingetrocknete Ejakulat in der Schlafanzughose ihres Mannes. Das Teil hatte sie vor einigen Minuten beim Sortieren der Wäsche entdeckt. Nach dem anfänglichen Schock war sie darüber ins Grübeln geraten, was das wohl zu bedeuten hatte:

Ihr ehemals sehr reges Liebesleben hatte sich im Lauf der Ehejahre mehr und mehr abgekühlt und war vor gut zwei Jahren am Nullpunkt angelangt. Am absoluten Nullpunkt. Sabine hatte sich bereits viele Gedanken darüber gemacht, warum ihr Lothar sie seit geraumer Zeit nicht mehr anfasste. Zunächst hatte sie es auf Stress im Beruf geschoben, dann auf altersbedingt nachlassende Triebhaftigkeit. Beide Theorien wären durch ihre jüngste Entdeckung dann wohl widerlegt. Um ehrlich zu sein ist absolute Enthaltsamkeit für einen 46jährigen auch nicht die Regel.

Blieben noch die beiden folgenden Optionen: Er hatte eine Affäre, oder er fand sie schlicht und einfach nicht mehr attraktiv. Oder beides. Sabine fühlte einen schmerzhaften Stich im Herzen.

War sie zwischenzeitlich völlig uninteressant für ihn? Kein sexuelles Wesen mehr, nahm er sie gar nicht mehr als Frau wahr? Sie erinnerte sich daran, dass er es in den ersten Jahren ihrer Beziehung fast jeden Tag mit ihr treiben wollte, des öfteren auch mehrmals täglich. Da sie es irgendwann aufgegeben hatte, sich nach jedem

Mal zu duschen, hatte sie über Jahre hinweg nahezu pausenlos seinen Saft in sich.

Und nun wichste er lieber in seine Schlafanzughose, als es mit seiner Frau zu machen. Niederschmetternd.

War es eigentlich nur ihr Mann, der sie nicht mehr wollte, oder gehörte sie generell zum alten Eisen? Grübelnd roch sie an der besudelten Hose. Irgendjemand hatte mal gesagt: Zu jeder verheirateten Frau gehört ein Ehemann, der nicht mehr scharf auf sie ist. Schlimm genug, eine von Millionen ungefickter Ehefrauen zu sein – dass sie generell als Sexobjekt ausgedient hatte war durch den jüngsten Fund allerdings noch lange nicht bewiesen. Vielleicht gab es ja irgendwo da draußen jemanden, der durchaus scharf auf sie war…

Zugegeben, sie war nicht mehr ganz so makellos wie zu der Zeit, als sie ihren späteren Mann als knackige 25jährige kennen gelernt hatte. Sie legte das Beweismaterial mit einer verächtlichen Handbewegung zurück in den Wäschekorb und wandte sich ihrem Spiegelbild im großen Schlafzimmerspiegel zu.

Sabine sah darin eine Frau mit ungekämmten Haaren, die in einem viel zu weiten Pyjama steckte. Ungeschminkt, mit ernstem Blick und hängenden Mundwinkeln. Die Niedergeschlagenheit war ihr deutlich anzusehen. Sie fuhr sich mit beiden Händen durch die Haare, um sie ein wenig in Form zu bringen. Schon besser. Jetzt noch ein Lächeln dazu. Ein wenig gequält zwar, aber für den Anfang gar nicht schlecht.

Die Schultern zurück, eine Hand lässig auf der Hüfte aufgestützt – und schon war sie durchaus als weibliches Wesen erkennbar.

Für eine unlängst vierzig gewordene sah die Frau im Spiegel doch eigentlich gar nicht so schlecht aus. Was störte war der Pyjama mit der Ausstrahlung einer Feinripp-Unterhose mit brauner Bremsspur. Mit lasziv geschürzten Lippen knöpfte sie langsam das Oberteil auf. Als sie vor etwa fünf Jahren an einem Sonntagvormittag das letzte Mal vor ihrem Gatten einen Strip gewagt hatte, sah dieser kaum von seiner Zeitung auf. War das demütigend. Einer der Sargnägel ihres Liebeslebens.

Sie schob den Gedanken an diese weitere niederschmetternde Erfahrung weit von sich, knöpfte das Oberteil vollends auf und ließ es zu Boden gleiten. Als sie gleich darauf auch aus der Pyjamahose stieg, schwangen ihre vollen Brüste auf verlockende Weise hin und her.

Kritisch musterte sie ihr nacktes Spiegelbild. Ihren Körper konnte man zwar nicht wirklich als schlank bezeichnen, mit Sicherheit jedoch als wohlproportioniert. Runde Hüften, im Vergleich dazu eine schmale Taille. Ist es nicht das, was Männer mögen?

Ihren Busen hatte sie noch nie so richtig leiden können. Sie beneidete Frauen mit kleinen, straffen Brüsten, die nicht so schwer herunter hingen wie ihre. Doch genau genommen waren ihre Brüste ein echter Hingucker.

Sicher, durch ihre Größe boten sie der Schwerkraft viel Angriffsfläche. Andererseits: nur wo nichts ist, kann nichts hängen. Ihr fielen auf Anhieb ein paar Sachen ein, die sie mit diesen Titten machen könnte – und die einem Mann sehr, sehr gefallen würden.

Der Wind spielte mit dem Vorhang vor dem offenen, bodentiefen Schlafzimmerfenster. Die Frühlingssonne zauberte vor dem Fenster einen hellen Streifen auf den leicht rötlichen Holzboden, ihr Spiegelbild war dadurch in ein warmes Licht getaucht. Sie strich mit den Fingerspitzen sanft über ihre Nippel. Ein lange nicht mehr gekanntes Gefühl. Ihr wurde schlagartig bewusst, wie empfindlich ihr Körper auf Reize reagierte – eine Folge der jahrelangen Enthaltsamkeit? Sie stellte sich vor, er wäre ein Mann, der sie berührte. Eine Gänsehaut erfasste ihren Oberkörper, und ihre Nippel wurden hart. Sehr hart. Sie umfasste ihre Brüste mit den Händen und drückte sie ein wenig zusammen. Mit Sicherheit würde so mancher Mann einiges darum geben, seinen Schwanz im tiefen Tal zwischen diesen beiden Prachtstücken vergraben zu können. Sie hob ihre rechte Brust bis zum Mund, leckte mit der Zungenspitze über den Nippel und warf ihrem Spiegelbild dabei einen lüsternen Blick zu. Eigentlich war sie doch ein echt geiles Stück! Faszinierend, nach so langer Zeit wieder eine ganz andere Seite an sich zu entdecken.

Ihre Selbstzweifel hatten nach und nach einer gewissen Trotzhaltung Platz gemacht, die jetzt allmählich in Wut umschlug. Wut darüber, dass sie über so lange Zeit hinweg nach und nach in sexueller Hinsicht geradezu verkümmert war, ohne es zu merken. Wut darüber, Jahre ihres Lebens regelrecht verschenkt zu haben. An einen Mann, der seinen Pyjama attraktiver fand als sie.

Lässig blies sie eine Strähne ihrer hellbraunen, mittellangen Haare aus dem Gesicht. An der Frisur musste sich etwas ändern. Straßenköterblond, unauffällig, viel zu brav. Typ Hausmütterchen.

Konnte man ihre Beine als schön bezeichnen? Hm, um das beurteilen zu können müsste man zunächst die Haare entfernen. Dieser unangenehmen Prozedur hatte sie sich schon seit geraumer Zeit nicht mehr unterzogen. Wozu auch? Es gab schließlich niemanden, der sich an ihrem Pelz stören könnte. Der keusche Lebenswandel hatte auch seine Vorteile.

Angesichts des nahenden Frühlings – und der damit verbundenen Aussicht darauf, in einem kurzen Rock die Männerblicke auf sich ziehen zu können – beschloss Sabine, ihrer Beinbehaarung umgehend zu Leibe zu rücken. Und nicht nur das. Ihre Planung des heutigen Tages sah ab sofort wie folgt aus:

1. Enthaarung: das unangenehmste zuerst
2. zum Friseur gehen: dunkelbraun oder schwarz färben
3. Einkaufen: kurze Röcke, knappe Oberteile, hochhackige Schuhe – und Dessous

Und noch etwas nahm sie sich ganz fest vor: Sie würde ihrem Mann Hörner aufgesetzt haben, noch bevor die Woche zu Ende war. Dieser Gedanke ließ ihr Herz wild klopfen und zauberte ihr ein teuflisches Lächeln ins

Gesicht. Ein Schub von Glücksgefühlen durchströmte ihren Körper. Zum ersten Mal seit Jahren fühlte sich Sabine so richtig lebendig.

**Abschied und Neuanfang**

Michael schlenderte zum letzten Mal durch die verglaste Empfangshalle, deren moderner Baustil im starken Kontrast zur spießigen Mittelmäßigkeit des Unternehmens stand. Es war sein letzter Arbeitstag, man hatte ihn gefeuert. Nachdem er heute seine paar Sachen zusammengepackt und die warmen Zukunftswünsche seiner zukünftigen Ex-Kollegen über sich ergehen lassen hatte, gab es jetzt nur noch eines zu tun: Die Verabschiedung von seiner Lieblingskollegin Doris, die als Empfangsdame hinter dem Tresen saß. Die etwas dralle Mittdreißigerin mit den blonden Haaren ist – oder war – die einzige Person in der Firma, die er wirklich leiden konnte. Sie hatte sich nie an den zahllosen Intrigen und Verleumdungskampagnen beteiligt, in Michaels Augen war sie die einzige Normalgebliebene in diesem Irrenhaus. Deshalb fiel ihm der Abschied von ihr auch am schwersten. Oder besser gesagt: sie war die einzige, von der ihm der Abschied schwer fiel.

Wie so oft in den letzten Jahren ging er zum Eingang des Tresen-Bereichs, wo er fast jede Mittagspause bei einer Unterhaltung mit Doris verbracht hatte. Sie drehte sich auf ihrem Drehstuhl zu ihm um und blickte ihn ernst an. Sie sah richtig traurig aus. War das etwa ein feuchter Glanz in ihren Augen? Tatsächlich! Es gab also wirklich einen Menschen hier, der ihn vermissen würde. Er zwang sich ein Lächeln auf die Lippen.

„Das ist echt ein Unding, was die sich mit dir erlaubt haben." – „Tja, böse Welt." Sie wussten beide nicht so recht, was sie sagen sollten, und sahen sich nur minutenlang an. Dann raffte sich Michael auf, mit einem Kloß im Hals sagte er: „Also, ich pack's dann mal. Ich wünsch' dir noch alles Gute… war immer schön, mit dir zu plaudern. Ohne dich hätte ich das nie so lange ausgehalten." Doris stand auf und kam auf ihn zu. Sie legte ihre Hand auf seinen Oberarm. „Ich werd' dich vermissen! Ich hoffe, dir geht es einigermaßen?" – Er lächelte gequält. „Passt schon, alles gut." – „Im Lügen warst du noch nie gut." – „Das ist ja das Problem." Sie lachten beide sarkastisch.

„Hey, weißt du was?" Doris lächelte ihn an. „Lass uns heute Abend was trinken gehen! Ich hab' morgen frei, und du kannst morgen sicher auch ausschlafen, stimmts?"

Michael strahlte. Dass dieser Abschied eben doch nicht so endgültig war hob seine Stimmung ungemein. Selbst der – bestimmt unbeabsichtigte – kleine Seitenhieb im Hinblick auf die nun entfallene Notwendigkeit des frühen Aufstehens änderte daran nichts.

„Sehr gute Idee! Vor allem können wir uns dann mal unterhalten, ohne die ganzen Penner hier!" sagte er mit einem Seitenblick auf die zwei Anzugträger, die gerade mit wichtiger Miene durch die Lobby schritten. Doris lachte. „Genau. Lass uns heute Abend die Kante geben!" Sie verabredeten sich für acht Uhr in einer Kneipe in der Innenstadt. Die Aussicht, seine Doris noch heute wieder zu sehen machte es ihm um Dimensionen leichter, sich zu verabschieden. „Dann bis heute Abend!" – „Ciao, bis später!" Beschwingt und fast ein wenig übermütig verließ Michael die Firma, die Traurigkeit war wie weggeblasen. Verrückt: Rausschmiss, letzter Arbeitstag, und dabei allerbeste Laune.

## Begegnung mit dem Retter in der Not

Mit einigen prall gefüllten Einkaufstüten in den Händen kämpfte sich Sabine durch die U-Bahn zu einer freien Vierer-Sitzgruppe und ließ sich erschöpft auf einen Sitz fallen. Sie war mächtig stolz auf sich: Hatte sie doch alle Aufgaben erledigt, die sie sich im Rahmen ihrer Mutation zur Sexbombe für den heutigen Tag vorgenommen hatte.

Nun galt es, Schritt zwei zu planen: Ihren ersten Seitensprung. Bereits während ihrer Einkäufe hatte sie immer wieder überlegt, wie sie es wohl anstellen sollte. Spontan war ihr der Gedanke gekommen, es mit einem Kunden in der Umkleidekabine zu treiben. Nur wie sollte sie das bewerkstelligen? Sollte sie irgendeinen Mann ansprechen: „Verzeihung, haben Sie Lust, mich in der Umkleide zu vögeln?" Eine sehr geile Vorstellung. Wäre sie in einer fremden Stadt gewesen, in der sie keiner kannte, hätte sie sich womöglich getraut.

Während sie von der U-Bahn nach Hause geschaukelt wurde, umgeben von all den fremden Mitreisenden, gab sie sich ihren ganz privaten Gedanken hin. Sie stellte sich vor, wie sie die Umkleide betritt, gefolgt von einem fremden Mann. Sie zieht den Vorhang zu und wendet ihm den Rücken zu. Sie schmiegt ihren Hintern an seinen Schritt, spürt die Erektion durch die Hose hindurch. Sie rafft ihren Rock hoch bis zur Hüfte, er öffnet seine Hose. Sie spürt seine harte Männlichkeit auf ihrem Hintern, und seine Hand, die nach ihrer Spalte greift. Sie spreizt die Beine, beugt sich nach vorne und stützt sich an der Wand ab. Im Spiegel sieht sie ihn hinter sich, das Gesicht verzerrt vor Geilheit. Er reißt ihr den Slip herunter und…

In diesem Moment setzte sich ein sehr junger Mann zu ihr in die Vierergruppe. Sie musste ihre Tüten zur Seite nehmen, damit er schräg gegenüber von ihr Platz nehmen konnte. Sie hatte diesen Jungen schon öfter gesehen, er wohnte offenbar ganz in ihrer Nähe. Er sah gut aus, so jung, so… frisch. Ein wenig schüchtern wirkte er, schaute unbeteiligt zum Fenster hinaus. Nur ab und zu ein verstohlener Blick auf ihre Brüste. Wie alt er wohl sein mochte? Sechzehn, höchstens siebzehn. Das Alter, in dem Jungs ihre ganze sexuelle Kraft entfalten. Sie musste innerlich lachen: Sicher spritzt dieser Junge auch des öfteren in seine Schlafanzughose. Allerdings aus anderen Gründen als ihr Ehemann: während der eine mit eiserner Konsequenz seine Frau verschmähte, hatte der andere vermutlich kein Mädchen, bei dem er seinen Saft loswerden konnte. Der arme. Eigentlich sollte ihm geholfen werden. Ob er ihre Brüste wohl gut fand? Hatte er vielleicht sogar einen Ständer? Man sagt ja, dass Jungs in dem Alter zu unkontrollierten Erektionen neigen.

Die U-Bahn näherte sich der Station, an der sie aussteigen musste. Und soweit sie sich erinnern konnte auch der junge Mann. Sie raffte ihre zahllosen Tüten zusammen. Gar nicht so leicht – sie hätte sich doch nicht allzu hemmungslos dem Kaufrausch hingeben sollen. Mist! Ungeschickterweise schmiss sie eine der prall gefüllten Tüten auf dem Sitz gegenüber um. Es war ausgerechnet die Tüte mit den Dessous! Prompt purzelten mehrere BHs und Slips auf den Boden. Wie peinlich! Sie konnte die anderen Tüten, die sie bereits in der Hand hatte, jetzt nicht loslassen, ohne dass sich ihre kompletten Einkäufe in der U-Bahn verteilen würden.

Der junge Mann reagierte: schnell hob er die verräterischen Teile vom Boden auf, stopfte sie in die Tüte und reichte ihr diese lächelnd. Ihr Retter in der Not. Sie erreichten beide gerade noch rechtzeitig die Tür, bevor diese zuging.

Mit hoch rotem Kopf bedankte sie sich bei ihrem jugendlichen Retter und schlug schnell den Weg nach Hause ein.

## Der Sündenfall

Kurz vor acht nahm Michael an einem kleinen Tisch in der Kneipe Platz. Er bestellte ein Bier und ließ den Blick durch den Raum gleiten. Sehr urig. Alte Emaille-Werbeschilder aus Vorkriegstagen von längst verschwundenen Firmen hingen an den verräucherten Wänden. Die dunklen Holzmöbel hatten wohl schon einige Jahrzehnte auf dem Buckel. Zumindest waren sie älter als das Publikum: Das Lokal war hauptsächlich von Studenten bevölkert.

Nach kurzer Zeit betrat Doris die Kneipe. Ein netter Anblick: Statt ihres strengen Business-Kostüms trug sie ein luftiges Sommerkleid, das ihren Rundungen schmeichelte. Die Haare trug sie offen, eine Sonnenbrille lässig über der Stirn. Sie lächelte ihr strahlendes Lächeln und beugte sich zu ihm herunter, um ihm ein Küsschen auf die Wange zu hauchen. Der Ausschnitt ihres Kleides ließ dabei sehr tiefe Einblicke zu. Unweigerlich fiel Michaels Blick auf ihre prallen Möpse, was ihm ebenfalls ein strahlendes Lächeln ins Gesicht zauberte.

Doris bestellte sich auch ein Bier. Sehr sympathisch, fand Michael. Seine Frau Wiebke trank prinzipiell kein Bier: Das Getränk des Proletariats war ihrer nicht würdig. Überhaupt war Doris so erfrischend anders als Wiebke. Sie wirkte so lässig, so entspannt. Klar: rein äußerlich konnte Doris Wiebke natürlich nicht das Wasser reichen, zumindest objektiv betrachtet. Wiebke hatte dank reichlich Sport und bewusster Ernährung die bei weitem bessere Figur. Und obwohl sie fast zehn Jahre älter war, wirkte ihr Gesicht jünger als das von Doris. Kein Wunder: wer selten lacht bekommt keine Lachfalten. Außerdem verbrachte Wiebke immer eine halbe Stunde schminkend vor dem Spiegel, bevor sie das Haus verließ. Selbst, wenn sie nur den Müll runter trug. Was sie allerdings nie tat: Das war schließlich seine Aufgabe, wie die meiste andere Hausarbeit auch. Irgendwie gefiel Michael das ungeschminkte, natürliche Gesicht von Doris heute besser als das von Wiebke. Lag es daran, dass sie gerne und viel lachte?

Sie tranken schnell und reichlich. Ihre Unterhaltung fing bei den lustigen Emaille-Werbeschildern an, berührte kurz das Thema des jungen Publikums, hielt sich etwas länger bei verschiedenen, teilweise pikanten Anekdoten aus Michaels Studententagen auf und landete irgendwann – wie sollte es auch anders sein – beim Thema Mann und Frau.

Nachdem der Alkohol Michaels Zunge ein wenig gelöst hatte, vertraute er Doris an, dass er zu Hause ziemlich unter dem Pantoffel stand. Er beklagte sich auch darüber, dass seine Frau so alles andere als verständnisvoll darauf reagierte, dass er seinen Job verloren hatte, sondern ihn im Gegenteil regelrecht mit Verachtung strafte. Kein Wunder, Gefühlskälte lag schließlich in Wiebkes Familie. Er erzählte ihr auch vom letzten Besuch bei ihren Eltern. Davon, dass deren Hund auf einmal ein so wunderbar glänzendes Fell hatte. Weil Wiebkes Mutter die Vitaminpillen, die dem bettlägerigen Vater nach seinem Schlaganfall verschrieben worden waren, an den Hund verfütterte.

Als Rache dafür, dass er sie ihr Leben lang so mies behandelt hatte.

Lachend erwiderte Doris, wie froh sie doch über ihr Single-Dasein wäre. Ab und zu jedoch, insbesondere in einsamen Nächten, würde sie sich nach der Nähe eines Mannes sehnen. Bei dieser Aussage rückte sie näher an Michael heran, ihre grünen Augen funkelten, und ihr Knie berührte ihn am Oberschenkel. Michael war elektrisiert. War diese Berührung Zufall oder Absicht? Egal: auf jeden Fall fühlte es sich gut an. Verdammt gut. Er antwortete, dass auch in einer – vor allem längeren - Beziehung viele Wünsche offen blieben. Nanu: was war nur in ihn gefahren? Wie kam er dazu, eine so zweideutige Bemerkung zu machen? Es war wohl der Alkohol, der aus ihm sprach. Hm, war es wirklich der Alkohol? Michel fühlte ein leichtes Kribbeln im Schritt.

„Was hast du deiner Frau denn gesagt, wo du heute Abend hingehst?" – „Ich habe mehr oder weniger wahrheitsgemäß erzählt, dass ich mich mit Kollegen auf ein Abschiedsbierchen treffe." Er grinste. „Und ich habe erwähnt, dass es möglicherweise spät werden könnte."

Doris sah ihm tief in die Augen und lächelte. Er fühlte ihre Hand auf seinem Knie. Also Absicht, definitiv Absicht. Michael bekam Herzklopfen, er war nervös. Was hatte sie vor? War das nur ein kumpelhaftes Schäkern oder etwa mehr? Wollte sie ihn am Ende verführen? Falls ja: sollte er darauf eingehen? Nein, natürlich nicht! Schließlich war er ein verheirateter Mann.

Na, man könnte ja zumindest ein kleines bisschen darauf eingehen. Schließlich war man ja noch Lichtjahre von Ehebruch entfernt. Und sicher interpretierte er ihre Signale auch völlig falsch, bestimmt war sie genauso wenig auf ein Abenteuer aus wie er. Ganz sicher. Oder?

Trotzdem fühlte er sich ermutigt, ein wenig weiter zu gehen. Seine Hand wanderte unter ihr Kleid, berührte ihren Hintern. Was für eine geschmeidige Haut sie da hatte! Doris rückte noch näher zu ihm heran und strich ihm sanft durchs Haar. Wollte sie etwa doch mehr? Übermütig streichelte Michael ihren Hintern. Es fühlte sich wundervoll an. Nicht nur wegen der glatten, warmen, herrlichen Haut über ihren scharfen Rundungen, sondern auch deshalb, weil es offenbar genau das war, was er jetzt so dringend brauchte: die Nähe einer Frau. Einer Frau, die für ihn da war. Die ihm Wärme und Verständnis entgegenbrachte. Die ihn anlächelte, ihn streichelte und sich an verbotenen Körperregionen von ihm berühren ließ. Der Jobverlust hatte ihn doch ganz schön mitgenommen!

Sein Gesicht näherte sich langsam dem ihren. Ganz langsam, wie in Zeitlupe. Es passierte wie von selbst: Sein Mund wurde von ihren Lippen angezogen wie von einem Magneten. Er konnte überhaupt nichts dafür. Schließlich berührten sich ihre Münder. Ganz zaghaft zunächst, platonisch, mit spitzen Lippen. Doch nach einem Moment verloren sie allmählich ihre Zurückhaltung. Ihr Kuss wurde zärtlicher, geschmeidiger, liebevoller. Michaels Herzschlag pochte in seinen Schläfen, als er plötzlich Doris' Zungenspitze spürte.

Ab diesem Zeitpunkt fand ihre Unterhaltung schwerpunktmäßig auf der nonverbalen Ebene statt. Nur unterbrochen von kurzen Trinkpausen knutschten sie in ihrer Ecke. Michael konnte seine Hände nicht bei sich behalten, vor allem ihr Hintern hatte es ihm angetan, allerdings nicht nur der. Irgendwann saß Doris auf seinem Schoß, was ihm das Fummeln sehr erleichterte. Er hatte einen Riesenständer. Der blieb Doris nicht verborgen. Sie schob ihre Hand in seine Hosentasche und streichelte sein hartes Gemächt, während Michael seine Fingerspitzen unter ihrem Rock heimlich an den Innenseiten ihrer Schenkel entlang aufwärts wandern ließ.

Michael war scharf wie seit langem nicht mehr. Wie gut, dass sie in der Öffentlichkeit waren. So war trotz all der Lüsternheit sichergestellt, dass sie nicht zu weit gehen würden.

„Komm, lass uns zu mir gehen." Der heiße Hauch ihres Atems an seinem Ohr, der plötzliche Druck, mit dem ihre Finger seinen Ständer umschlossen, und die sich nun auftuende Aussicht auf baldige Liebesfreuden ließen Michaels Herz Purzelbäume schlagen.

Er sollte das nicht tun. Er war ein verheirateter Mann! Bis jetzt war er noch nicht untreu geworden, und das sollte auch unbedingt so bleiben. Wobei: er könnte Doris noch nach Hause begleiten, was angesichts ihres alkoholisierten Zustands ohnehin seine Pflicht war. Er könnte ihr einen Abschiedskuss im Hauseingang geben, vielleicht sogar noch ein wenig fummeln, und dann als treuer Ehemann nach Hause gehen.

Sie zahlten, verließen die Kneipe und schlenderten Arm in Arm über die Straße. Doris wohnte gleich schräg gegenüber. Sehr praktisch, wie Michael fand. Wie viele Kneipenaufrisse sie wohl schon in ihre Wohnung geschleppt hatte? Genüsslich betrachtete er ihren Hintern, während sie die Haustür aufschloss. Die Tür ging auf und Doris verschwand im Halbdunkel des Treppenhauses.

„Kommst du?" Michael zögerte. Eines war klar: Mit jedem Schritt, den er jetzt weiterging, würde es schwieriger werden, sich aus der Affäre zu ziehen. Und die Düsternis des fremden Treppenhauses rief ein ungutes Gefühl in ihm hervor. Als wäre es eine Art Höllenschlund, aus dem es kein Zurück mehr geben würde. Andererseits war jetzt auch ein ganz schlechter Zeitpunkt, um sich einfach so zu verabschieden.

Michael war wie gelähmt. Sein Fuß war bleischwer, als er ihn über die Schwelle heben wollte. Als er fühlte, wie Doris ihn an der Hand nahm, war die Schwere allerdings sofort aus seinem Fuß verschwunden. Stattdessen machte sich eine wunderbare Leichtigkeit in Michaels ganzem Körper Platz. Als er aus dem Lichtschein der Straßenlaterne hinein in die Düsternis des Treppenhauses gekommen war, gewöhnten sich seine Augen auch schnell an das Halbdunkel, das somit seinen Schrecken verlor. Doris schmiegte sich an ihn und ihre Lippen fanden sich zu einem langen, leidenschaftlichen Kuss.

Wieder spürte Michael ihre Hand in seiner Hosentasche. Ungeniert rieb sie seinen harten Schwanz durch den dünnen Stoff hindurch. So ein geiles Luder! Das hätte er nie von der braven Doris gedacht, dem artigen Aushängeschild seiner biederen Firma. Ex-Firma, korrigierte er sich in Gedanken.

Die Höflichkeit gebot, dass er diese Aufmerksamkeit erwiderte, schließlich war er ein anständiger Junge. Also hob er den Saum ihres Kleides und ließ seine Fingerspitzen langsam in ihren Schritt wandern. Doris' Seufzer hallten von den kahlen Wänden des Treppenhauses wider, als er sie durch den dünnen Slip hindurch streichelte. Konnte es sein, dass ihr Höschen ganz schön nass war?

Plötzlich ging mit einem lauten Klack das Licht an. Zutiefst erschrocken löste Michael sich von Doris. Einen halben Treppenabsatz über ihnen sah er eine weißhaarige, gebeugte Frau im blauen Nachthemd in einer geöffneten Wohnungstür stehen, die sie böse anstarrte. „Gugget se mal auf'd Uhr, s'isch scho spät! Mir wollet schlafe!" Sprach's, drehte sich um und schlug die Wohnungstür hinter sich zu.

Doris und Michael sahen einander irritiert an. Nahezu gleichzeitig prusteten sie los. Nur mit Mühe konnten sie es sich verkneifen, laut aufzulachen. „Komm, schnell!" kicherte Doris. Sie nahm ihn an der Hand und zog ihn hinter sich her die Treppe hinauf, schnell vorbei an der Erdgeschosswohnung der bösen Frau.

Wie an den Fäden einer Marionette wurde Michael von dem verlockenden Anblick ihres Hinterns die Treppe hinaufgezogen. Vom gleichzeitigen Kichern und Treppensteigen etwas außer Atem erreichte er die Tür zu Doris' Dachwohnung. Bevor er auch nur darüber nachdenken konnte, hatte sie ihn bereits hinein gezogen und die Tür hinter ihm geschlossen. „Hab' keine Angst, hier bist du in Sicherheit vor gefährlichen Frauen." Michael lachte innerlich auf. Von wegen: Er war gefangen! Eingesperrt von dieser Fleisch gewordenen Versuchung von Frau. Nervös blickte er um sich. Noch konnte er sich jederzeit aus der Affäre ziehen, das hohe Gut seiner Treue vor den Verlockungen dieses sündigen Weibes retten. Jetzt bloß nicht schwach werden!

„Magst du ein Bier auf den Schreck?" fragte Doris lächelnd. Michael nickte dankbar. Doris ging in die Küche und holte zwei Bier aus dem Kühlschrank, öffnete sie und reichte eines Michael. Als der sich gerade an den Küchentisch setzen wollte schüttelte sie den Kopf, blickte ihn dabei mit funkelnden Augen an und sagte: „komm' mit!"

Einen tiefen Schluck aus der Flasche nehmend ging sie mit einem etwas wankenden Gang über den Flur in ihr Schlafzimmer. Michael folgte ihr zögernd, im Türrahmen blieb er stehen. Sie stand in der Mitte des Raumes und wandte ihm den Rücken zu. Langsam öffnete sie den Reißverschluss an der Rückseite ihres Kleides. Dann streifte sie die Träger über ihre Schultern und ließ es an ihrem Körper herabgleiten. Langsam, ganz langsam. In seinem Kopf arbeitete es. Das war vermutlich die letzte

Gelegenheit: er sollte sich aus dem Staub machen, so lange sie ihm noch den Rücken zu wandte. Das Kleid gab jetzt fast ihren ganzen Oberkörper frei. Michaels Schwanz war eisenhart. Sie trug schwarze Unterwäsche. Doch wie lange noch? Würde er rechtzeitig aus ihren Fängen entkommen? Wenn sie erst ganz nackt sein würde, wäre es zu spät:

Erstens gehörte es sich schlicht und einfach nicht, eine nackte Frau stehen zu lassen - würde man ihr damit nicht auf verletzende Weise signalisieren, dass sie nicht attraktiv wäre? Das ginge auf gar keinen Fall, vor allem nicht gegenüber Doris, seiner langjährigen Lieblingskollegin – niemals würde er ihr eine solche Demütigung antun! Selbst Wiebke müsste dafür doch Verständnis haben.

Zweitens würde er sich sehr wahrscheinlich nicht mehr von ihr losreißen können, wenn sie erst einmal nackt vor ihm stünde.

Also, los jetzt, ab nach Hause! Wie in Zeitlupe begann Michael, sich umzudrehen. Sein Blick blieb jedoch noch einen Augenblick an Doris' Hinteransicht kleben. Was für ein herrlicher, runder, geiler Arsch da langsam zum Vorschein kam, während sich ihr Kleid Zentimeter für Zentimeter über ihre nackte Haut nach unten bewegte!

In diesem Moment trafen sich ihre Blicke: Während das Kleid endgültig zu Boden gefallen war hatte sie sich in einer einzigen Bewegung zu ihm umgedreht, mit der einen Hand die Bierflasche auf dem Sideboard abgestellt und mit der anderen ihren BH geöffnet. Mit fassungslosem Blick sah Michael den BH zu Boden fallen. Es war zu spät! Michael war nur noch Scham und Selbstverachtung. Er, ein schäbiger Fremdgeher, der im Begriff war, das heilige Sakrament der Ehe mit Füßen zu treten!

Doch es gab kein Zurück mehr. Und Doris war so schön. Was für herrliche Brüste sie hatte! Nicht übermäßig groß, im Gegenteil: gemessen an ihren Hüften sogar eher klein. Jedoch toll geformt: zwar nicht besonders fest, was gut war, da Michael allzu stramme Titten als eher unnatürlich und nicht wirklich attraktiv empfand. Es waren einfach nur toll geformte, natürliche, wunderschöne, geile Möpse.

„Na komm, zieh dich aus, mein Süßer!"

Michael nahm einen tiefen Schluck aus der Bierflasche und stellte sie auf das Sideboard neben Doris' Flasche. Dann begann er, sich auszuziehen. Gar nicht so einfach, so besoffen ohne Unfall aus der Hose zu steigen. Vor allem, wenn man in der Hektik vergessen hatte, vorher die Schuhe auszuziehen, und einem zu allem Überfluss noch eine heftige Erektion im Weg war. Doris stieg aus ihren Schuhen, zog schwankend ihren Slip aus und legte sich splitternackt aufs Bett. Auf dem Rücken liegend, den Oberkörper auf den Ellbogen aufgestützt und den Kopf leicht im Nacken liegend sah sie ihm beim Ausziehen zu und schenkte ihm dabei das verführerischste Lächeln, das er je gesehen hatte. Was für ein unglaublich verlockender Anblick sie doch war! Eine barocke Schönheit, an die Werke von Rubens erinnernd. Die Fleisch gewordene Verheißung höchster

Liebesfreuden. Ihr gestreckter Hals wirkte so verletzlich, er schien sagen zu wollen: „Nimm mich, ich gehöre ganz dir!" Ihre Locken schmiegten sich um ihre Schultern wie auf einem Gemälde. Und ihre Brüste: diese wunderschönen, heißen Möpse! Michaels Fingerspitzen konnten es gar nicht erwarten, sie zu berühren.

Doris hatte ein Bein etwas angewinkelt, so dass ihre Oberschenkel leicht gespreizt waren und unter ihrem blonden Flaum das Allerheiligste zu sehen war. Nass, wie er im schummrigen Halbdunkel der Nachttischlampe erkennen konnte. Nass und bereit. Michael war aufs äußerste erregt. Er nahm einen vorerst letzten, kräftigen Schluck aus der Flasche, dann kam er zu ihr ins Bett. Zwischen ihre Schenkel, die sich bereitwillig für ihn öffneten.

Er küsste sie. Zunächst nur ganz sanft und zaghaft auf die Wange, dann etwas leidenschaftlicher seitlich auf den Hals. Sie schnurrte und räkelte sich genüsslich unter ihm. Was für ein wunderbares Gefühl: Ihre warme, geschmeidige, nackte Haut. Michael küsste sie auf den Mund. Er spürte ihre Zunge am Rand seiner Oberlippe spielen, ganz zärtlich. Diese sanfte, so liebevolle Berührung löste ein Feuerwerk an Gefühlen in ihm aus, die er nicht für möglich gehalten hätte.

Kein Wunder: Es war das erste Mal in seinem Leben, dass er so zärtlich geküsst wurde. Natürlich hatte er mit Wiebke schon oft geknutscht, allerdings: Wiebke war nicht einmal im Ansatz so zärtlich wie Doris. Ihre Küsse waren eher hart, falls man das so sagen konnte, und besitzergreifend, dominierend, rücksichtslos. Michael konnte nicht sagen, dass ihm das nicht gefallen würde, im Gegenteil: es war schon eine ungemein heiße Sache, wenn Wiebkes lange Zunge unerbittlich in die Tiefen seines Mundes vordrang, während sie sich auf seinem Pfahl zum Orgasmus ritt. Dieses geile Gefühl, benutzt zu werden: Nicht selten war es der Auslöser dafür, dass Michael gemeinsam mit seiner Wiebke zum Höhepunkt kam.

Nur leider küsste Wiebke ihn viel zu selten. Und wenn er sie küssen wollte, wandte sie sich in den meisten Fällen von ihm ab. Ein normaler Begrüßungskuss, so wie er bei Millionen von Paaren üblich ist, wäre mit Wiebke nicht denkbar. Seltsam war auch, dass Wiebke nach einem der seltenen Küsse immer irgendwie peinlich berührt wirkte: Wie ertappt zog sie sich dann oftmals unerwartet schnell von ihm zurück, drehte den Kopf zur Seite und senkte manchmal sogar den Blick zu Boden. Eine für Wiebke an sich völlig ungewöhnliche Verhaltensweise: Sie hatte das Haupt sonst immer hoch erhoben, auch nach sexuellen Aktivitäten von noch so bizarrer Natur. Nur beim Küssen reagierte sie so.

Doch warum dachte Michael die ganze Zeit an Wiebke? Ein Skandal! Er beschloss, umgehend damit aufzuhören, und stattdessen viel lieber sein Abenteuer mit der wundervollen Doris mit allen Sinnen zu genießen. Ganz bei der Sache sein, alle Eindrücke und Gefühle in sich aufsaugen, um später davon zehren zu können – schließlich war das hier sein erster und letzter Seitensprung. Außerdem würde er Doris ja insgeheim betrügen, wenn er an eine andere dachte, während er gerade mit ihr im Bett lag. Moment mal: betrog er nicht gerade seine Wiebke? Für einen Moment durchfuhr ihn das schlechte Gewissen wie ein Blitz. Doch nach einem kurzen, chancenlosen Kampf siegte seine Geilheit über die alkoholumnebelte Vernunft.

Er küsste Doris intensiver, mit wachsender Leidenschaft. Sie erwiderte seine Küsse mit ihren sanften, so weichen Lippen und ihrer vorwitzigen Zungenspitze. Schließlich knutschten sie wie wild. Es war wundervoll. Als sie ihm mit einer Hand zärtlich durch die Haare fuhr und mit den Fingerspitzen der anderen Hand langsam über seinen Rücken strich, von der Schulter abwärts, immer weiter und weiter, wanderten lustvolle Schauer erst über seinen Rücken, dann über seinen ganzen Körper.

Längst hatten sein harter Schwanz und ihre nasse Spalte wie von selbst zu einander gefunden. Als wären sie für einander bestimmt, nur dafür geschaffen, um hier und jetzt ineinander zu gleiten. Doch noch hielt sich Michael zurück: Er wollte es langsam angehen lassen. Es auskosten, genießen. Dieses wunderbare Gefühl davor, diesen heiligen Moment. Es kostete ihn sehr viel Überwindung, nicht einfach loszulegen. Doch er fand, dass es das Wert war: ein zweites Kurz vor dem Ersten Mal mit dieser wundervollen Frau würde es nicht geben. Ganz sanft nur massierte er sie mit seiner Spitze. Ihr Unterleib wölbte sich ihm hungrig entgegen. Schnell erkannte er, dass weder er noch Doris sich weiter beherrschen konnten, wenn er direkt an ihrer Pforte blieb, deshalb wanderte er langsam weiter nach oben und suchte ihre Perle.

Michaels Hand begab sich auf eine Wanderschaft über Doris' Körper, während sie wild weiter knutschten und er ihre Perle verwöhnte. Zuerst ziellos über ihre Schulter, an ihrer Seite entlang zu ihrer Hüfte, dann wieder nach oben, relativ zielstrebig zu ihren Brüsten, die seine Hand magisch anzogen. Die hatten es ihm wirklich angetan. Sein Streicheln wurde nach und nach zu einem gierigen Kneten. Michael wurde zusehends ungestümer und unbeherrschter. Er wollte und konnte sich jetzt nicht mehr zurückhalten, heiliger Davor-Moment hin oder her.

„Verhütest du eigentlich in irgendeiner Weise?" – „Ich nehm' die Pi-oooaaaaahhhrrrrr!!!"

Mit einem kräftigen Beckenstoß war Michael tief in sie eingedrungen. Ein berauschendes Glücksgefühl durchfuhr ihn. Wie herrlich war es, endlich in ihrer heißen, nassen Höhle zu sein. Er begann, sie zu ficken. Ganz klassisch. Missionarsstellung. Abgesehen von ihrem lustvollen Stöhnen blieb sie dabei absolut passiv.

Michael wusste, dass ihre Passivität für die meisten Männer eine Enttäuschung wäre. Nicht so für Michael: Er war anderes gewohnt. Seine Wiebke war immer oben. Immer. Überhaupt hatten sie nur Sex, wenn sie es wollte. Und wenn sie Sex hatten, dann wie sie es wollte.

Mist, jetzt musste er schon wieder an Wiebke denken. Ausgerechnet jetzt! Aber er konnte nicht anders.

Michael und Wiebke hatten in aller Regel zweimal pro Woche Sex. Dienstags und Donnerstags. Dienstags nach ihrem Aqua-Fitness, Donnerstags nachdem sie mit ihrer Freundin aus war. Der Dienstags-Sport schien durch die körperliche Verausgabung in der sinnlichen Schwerelosigkeit des Wassers ihre Triebhaftigkeit anzuregen, der Donnerstags-Umtrunk durch die wie er wusste äußerst ordinären Gespräche über Männer. Wiebke schlug dann die Tür jedes Mal besonders energisch zu und schrie „Zieh dich aus!" Und wehe, wenn er nicht rechtzeitig aus den Klamotten kam: häusliche Gewalt war für Michael kein abstraktes Phänomen aus den Nachrichten, sondern nackte Realität. Wiebke zog zum Sex nur die Hose aus, ihr Oberteil behielt sie prinzipiell an. Schon seit Jahren hatte er ihre Brüste nicht mehr gesehen. Diese gar anzufassen – überhaupt nicht daran zu denken. Zumindest nicht ohne schallende Ohrfeige. Durch ihre ausgiebigen sportlichen Aktivitäten war sie ihm körperlich überlegen. Sein letzter Versuch, sich mit Gewalt Zugang zu ihren Brüsten zu verschaffen, der ihm als ihrem Ehemann seiner Meinung nach eigentlich zustand, lag schon Jahre zurück, und hatte mit mehreren Blutergüssen und einem blauen Auge geendet.

Der Sex mit Wiebke lief immer nach dem gleichen Drehbuch ab: Sie lag rittlings auf ihm und rieb sich an ihm, bis sie kam. Selten wurde ihm die Ehre zuteil, sie von innen spüren zu dürfen. Wiebke kam schnell und unspektakulär. Wenn er nicht rechtzeitig zum Schuss gekommen war ließ sie ihn meistens mit seiner Latte alleine. Nur wenn sie einen guten Tag hatte – was nicht oft vorkam – holte sie ihm noch einen runter. Üblicherweise las sie dann nebenher ein Buch oder rauchte eine. Oder beides.

Vor kurzem hatte er es gewagt, an einem Samstag beim Frühstück seine Lust auf Sex zu äußern. Daraufhin hatte sie ihm geboten, sich nackt auszuziehen, vor ihr auf dem harten Fliesenboden niederzuknien und sie zu lecken. Wie üblich hatte sie ihr Oberteil anbehalten und nur ihren Slip ausgezogen, um ihm ihre Möse breitbeinig auf dem Küchenstuhl lümmelnd darzubieten. Sie hatte doch tatsächlich eine Zigarette geraucht, während er sie unter dem Tisch brav und mit Hingabe geleckt hatte. Es war so demütigend gewesen. Und andererseits auch so unglaublich geil: Er hatte sich dabei vorgestellt, sie hätte High Heels angehabt und mit ganz fiesen Pfennigabsätzen seinen nackten Hintern malträtiert. Als sie stattdessen ihre Zigarette über seinem Hintern abäscherte und ihn dabei unerwartet und auf schmerzhafte Weise ein großes Stück Glut traf, wäre es ihm beinahe gekommen.

Nachdem er Wiebke zum Orgasmus geleckt hatte, war er von ihr gezwungen worden, sich vor ihr kniend selbst zu befriedigen. Mit dem Blick zum Boden, selbstverständlich. Als er es gewagt hatte, nur für einen kleinen Moment auf ihren nackten Unterleib zu schielen, hatten ihn umgehend mehrere schallende Ohrfeigen getroffen, was dazu geführt hatte, dass er im hohen Bogen auf den Boden abspritzte. Da er sich anschließend ihrer Anweisung widersetzt hatte, seinen Schmodder mitsamt der Zigarettenasche vom Fußboden aufzulecken (den Spritzer, der ihren Fuß getroffen hatte, leckte er selbstverständlich gierig auf), war sie den Rest des Tages unausstehlich gewesen.

Wie erfrischend anders war es doch mit Doris. Sie bot sich ihm bereitwillig dar und ließ sich von ihm nehmen. Ihr ganzer Körper gehörte ihm. Es war gestattet – und sogar erwünscht – nach Herzenslust ihre Brüste zu liebkosen. Was für ein Genuss: Oben liegen und seinen Trieben freien Lauf lassen! Tiefe Lustschreie entfuhren Michaels Mund.

Doris war auch alles andere als still. Sie schrie und stöhnte in einem fort. Die Nachbarn? Offenbar war Doris nicht um ihren Ruf besorgt. Ihr lautstarkes Duett wurde begleitet vom gequälten Ächzen des alten Bettes. Die Melodie der Lust. Doris' geile Schreie, der betörende Duft ihrer mittlerweile schweißnassen Haut, ihre Fingernägel, die sich langsam in seine Schultern gruben, der herrliche Anblick ihrer im Beckenstoß-Takt wippenden Möpse, gekrönt von den zwei wunderschönen Nippeln, das Gefühl, von ihren auf fast vulgär willige Weise gespreizten Beinen umschlungen zu sein – all das jagte Michael mit unglaublicher Macht immer weiter hinauf auf den Gipfel der Lust.

Was Wiebke wohl mit ihm anstellen würde, wenn sie ihm bei seinem ehebrecherischen Treiben auf die Schliche käme? Oh nein, nicht die schon wieder! Warum nur musste er ausgerechnet jetzt an sie denken, wo es ihm doch gleich kam! Michael fühlte, wie sich der nahende Höhepunkt in seinem Unterleib zusammenbraute, und dann mit feurigen Tentakeln seinen ganzen Körper erfasste. Jede Faser seines

Körpers war zum Zerreißen gespannt, er wurde durchströmt von ungeheurer Lust. Sein Unterleib wurde allmählich zum Supervulkan. Bei der Vorstellung, von Wiebke splitternackt übers Knie gelegt zu werden und den Arsch versohlt zu bekommen, brachen schließlich die Tsunamiwellen eines unfassbar intensiven Orgasmus über Michael herein und spülten ihn fort ins Meer der Erfüllung.

War das geil! War das heftig, intensiv, unglaublich! Michael lag minutenlang völlig außer Atem auf Doris. Die schnurrte wie ein Kätzchen und streichelte sein Haar. Er sollte wohl mit Sport anfangen, dachte er. Einerseits, um sich vielleicht irgendwann gegen sein grausames Weib wehren zu können und andererseits, um bei Gelegenheiten wie dieser nicht zu sehr aus der Puste zu kommen. Er war wirklich erschöpft.

Doch nach einer Weile siegte seine allmählich wiederkehrende Lust über die Erschöpfung. Michael gab dem Bedürfnis nach, Doris' Körper mit allen Sinnen zu erkunden. Er streichelte und küsste sich langsam vom Hals abwärts über ihren Körper. Sie ließ ihn machen und räkelte sich genüsslich.

Zwischen ihren Schenkeln angekommen nutzte Michael die Gelegenheit, seine Neugier auf die Geheimnisse weiblicher Lust zu stillen. Mal ehrlich: trotz seines nicht mehr ganz so geringen Alters fühlte er sich doch immer noch viel zu unerfahren und leicht unsicher. Außerdem fand er es ungeheuer aufregend, zur Abwechslung den Schoß einer anderen Frau zu erkunden. In aller Ruhe probierte er aus, welche Berührung welche Reaktion bei Doris hervorrief. Eine ganze Weile verwöhnte er sie auf verschiedenste Weisen. Irgendwann fühlte er ihre Hände an seinem Hinterkopf. Erst streichelte sie ihn liebevoll, dann drückte sie seinen Kopf fester und fester gegen ihren Schoß. Ihr Stöhnen brachte allerhöchste Lust zum Ausdruck, gepaart mit der quälenden Sehnsucht nach Erfüllung. Außerdem Dankbarkeit und Hingabe.

Michael fühlte sich trotz seiner seltsam gekrümmten Körperhaltung, des verspannten Nackens und einer allmählich einsetzenden Zungenlähmung wunderbar. Dem weiblichen Geschlecht so nah zu sein, die intensive Wahrnehmung dieses Universums mit allen Sinnen aus nächster Nähe – und ja, sie schmeckte wundervoll. Und dann dieses schöne Gefühl, diese heiß begehrte und geliebte Frau auf die zärtlichste Weise zu beglücken, die es gibt. Ja: er liebte sie, sogar abgöttisch. In diesem Moment. Denn es stimmte, was er gelesen hatte: Männer sind in die Frau verliebt, mit der sie gerade Sex haben. Solange sie nicht gerade an eine andere denken. Und nein, Wiebke hatte in diesem intimen Moment wirklich nichts in seinem Kopf zu suchen. Jetzt war er nur für Doris da. Sie wand sich unter ihm, ihr nach Erlösung flehendes Stöhnen überschlug sich. Ihre Hände drückten seinen Kopf so fest gegen ihren Unterleib, dass er keine Luft mehr bekam. War das geil: Michael war auf das höchste erregt. Endlich kam ihr Orgasmus. Michael hatte das Gefühl, ein Teil davon zu sein. Ihre Lustschreie waren jetzt zwei Oktaven höher und völlig enthemmt. Ihr Becken bäumte sich auf, so dass sein Kopf herumwirbelt wurde.

Nachdem ihr Höhepunkt allmählich abgeebbt war, blieb er noch eine Weile zwischen ihren Schenkeln und küsste sie. Allerdings nur ganz sanft und zärtlich. Seine Küsse hatten jetzt weniger mit Sex zu tun als vielmehr mit Zuneigung und Liebe, sie waren geradezu platonisch.

Ihr Unterleib, die Oberschenkel, sein Gesicht und seine Hände, alles war klebrig nass. Michael fand, dass es gar nicht so schlimm war, seinen eigenen Saft aufzulecken, es kam nur auf die Art der Darreichung an. Vermischt mit Doris' köstlichem Nektar schmeckte es gar nicht so schlecht. Er beschloss, ihr seine Entdeckung nicht vorzuenthalten, und wanderte ihren Körper mit vollem Mund hinauf, um sie zu küssen. Gemeinsam genossen sie den Cocktail ihrer Körpersäfte.

Nachdem sie sich eine ganze Weile innig geküsst hatten drehte sich Doris unter ihm auf den Bauch, spreizte die Beine und sagte: „Bitte, nimm' mich!" Sie streckte ihm ihr scharfes Hinterteil entgegen. Michael tat begeistert, worum er gebeten wurde. Es war tatsächlich das erste Mal, dass er eine Frau von hinten nahm. Wie toll es war, die Kontrolle zu haben.

Doris war wirklich das absolute Gegenteil von seiner Gattin. Als er Wiebke damals kennen gelernt hatte war er zunächst von ihrer dominanten Art ganz begeistert gewesen: Welcher Mann träumt schließlich nicht davon, regelmäßig von seiner Freundin zum Sex gezwungen zu werden? Und Wiebke hatte ihn gleich am ersten Abend zum Sex gezwungen: es war eigentlich mehr eine Vergewaltigung gewesen. Damals, in der WG-Toilette. Er hätte seinerzeit nie gedacht, wie sehr er es eines Tages genießen würde, es mit einer so passiven Frau wie Doris zu treiben. Hatte er eben eine ganz neue Neigung an sich entdeckt? Für richtig devot hatte er sich eigentlich nie gehalten. War er in Wahrheit vielleicht viel lieber dominant? Oder beides?

Wiebke hatte gleich am ersten Tag erkannt, dass es dank seiner Unerfahrenheit ein leichtes für sie sein würde, ihn sexuell abhängig zu machen. Michael musste sich eingestehen: er war Wiebke absolut hörig. Je mehr sie sich ihm verweigerte, desto mehr lag er ihr zu Füßen. Mittlerweile mit geradezu hündischer Ergebenheit. Erst ihre von Verachtung geprägte, so verletzende Reaktion auf den Verlust seines Arbeitsplatzes hatte eine gewisse Trotzreaktion in ihm ausgelöst, die ihn nun schlussendlich in die Arme seiner Ex-Kollegin getrieben hatte. Und wieder diese Scham: Er, Michael – ein Fremdgänger! Bis vor kurzem für ihn ein Ding der Unmöglichkeit. Doch irgendwie war er jetzt insgeheim ganz glücklich über seine Verfehlung, wie er sich eingestehen musste: Es war der erste Schritt zurück zur Unabhängigkeit. Ihn überkam ein tiefes Gefühl der Dankbarkeit für Doris. Ohne sie würde er womöglich eines Tages als bettlägeriger alter Mann den Grausamkeiten dieses Monsters ausgeliefert sein.

Er hätte damals gleich hellhörig werden sollen, als Wiebke ihm ihren Beruf verraten hatte: Politesse.

## Nächtliche Eskapaden

Sabine befand sich in einem langen, kühlen Gang, der nur von wenigen Kerzen spärlich beleuchtet war. Sie fühlte den weichen, roten Läufer unter ihren nackten Füßen. Die Person im schwarzen Kapuzenmantel hielt ihren Unterarm fest und führte sie bestimmend den Gang entlang. Zwischen den Türen auf beiden Seiten des Ganges hingen gerahmte Bilder. Erschreckende Bilder. Sie konnte sie im Halbdunkel kaum erkennen, doch was sie erkannte, schnürte ihr die Kehle zu. Auf einem waren verzerrte Gestalten mit Teufelsfratzen, die Leiber in einer wilden Orgie miteinander verschlungen. Auf einem anderen eine nackte Frau auf einer Streckbank, umgeben von Folterknechten mit großen, seltsam geformten Penissen, die wüst über sie herfielen. Das nächste – ein Spiegel. Sie erschrak bei ihrem Anblick: sie war nur mit einer hauchdünnen, viel zu kurzen weißen Bluse bekleidet. Ihre Scham war nackt und ihre Brüste zeichneten sich deutlich unter dem zarten Stoff ab. Sie fühlte sich entblößt und wehrlos, zugleich jedoch unbeschwert und federleicht. Mit sanftem Druck auf ihren Arm drängte die verhüllte Gestalt sie weiter und öffnete ihr die Tür am Ende des Ganges.

Die Wärme und das angenehme Licht eines prasselnden Kaminfeuers umfingen sie, als sie den großen Raum mit holzvertäfelten Wänden und zahllosen Bücherregalen betrat. Sofort fiel ihr das große Bett in der Mitte der gegenüberliegenden Wand auf, von drei Seiten zugänglich. Daneben saß ein attraktiver Mann im Anzug in einem großen Sessel, hob den Blick von dem Buch in seinen Händen und sah sie durchdringend an. Die Kapuzengestalt ließ sie los und zog sich mit gesenktem Kopf in eine Ecke des Raumes zurück. Ihr wurde heiß vor Scham, als der Mann im Sessel gelassen ihren fast nackten Körper von oben bis unten musterte. Erstaunt stellte sie fest, dass es eine gewisse Erregung in ihr hervorrief, diesem Mann so dargeboten zu sein. Von seinen Blicken gleichsam abgetastet zu werden. Sie fühlte, wie ihre Nippel unter dem schmeichelnden Stoff hart wurden. Seine Augenbrauen zuckten, als er dieses in ihrem Aufzug unübersehbare Zeichen von Erregung wahrnahm. Er wies mit der Hand auf einen Stuhl, der wenige Meter von seinem Sessel entfernt stand. „Setz' dich", sagte er mit warmer Stimme. Sie ging zu dem Stuhl und nahm dem Mann gegenüber mit zusammengekniffenen Beinen Platz. Sie hörte Schritte hinter sich. Noch bevor sie sich umdrehen konnte, legte ihr jemand eine Augenbinde an. Sie erstarrte. Finsternis. Abgesehen vom Knistern des Kamins war es still. Dann hörte sie ein leises Knarren, danach langsame Schritte, die sie umkreisten. War das Er, der von seinem Sessel aufgestanden war und sie jetzt von allen Seiten begutachtete? Oder das Kapuzenwesen? Oder waren auf einmal noch mehr Menschen im Zimmer?

„Spreiz' die Beine!" Wieder seine warme Stimme. Weich, einfühlsam, und doch bestimmend. Sie tat wie ihr geheißen. „Weiter!" Sie erschrak, als etwas kaltes, hartes die Innenseite ihres rechten Oberschenkels berührte und diesen nach außen drückte. Sie war aufgeregt. Und erregt. Dieses Ziehen in ihrem

Unterleib. Sie fühlte, wie sie feucht wurde. „Und jetzt streichle dich! Ich will sehen, wie du es dir besorgst." Eine lange Zeit ungekannte Nässe machte sich zwischen ihren Schenkeln breit. Sie tat abermals wie ihr geheißen und begann zaghaft, sich zu streicheln. Doch dann breitete sich ein Gefühl der Scham in ihr aus. Schließlich hatte sie so etwas noch nie getan: vor den Augen eines anderen masturbieren. Noch dazu vor einem wildfremden. Oder gar vor mehreren: Wer weiß, wer sich außer dem attraktiven Mann mit der schönen Stimme sonst noch im Raum befand. Sabine fühlte sich so nackt, so bloßgestellt. Sie spürte, wie ihre Mundwinkel nach unten zuckten. Sie würde gleich anfangen, vor Scham zu weinen. Die Bewegungen der Hand in ihrem Schoß wurden zögerlicher. Sie war kurz davor, ihre gespreizten Schenkel zusammen zu pressen.

Ein beißender Schmerz auf ihrem Handrücken erschreckte sie. Was war das? Eine Peitsche? Der gleiche Gegenstand, mit dem er vorhin ihre Beine gespreizt hatte? „Etwas mehr Einsatz, meine Liebe." Hörte sie da einen süffisanten Unterton in seiner Stimme? Ihr Herz klopfte vor Schreck. Ängstlich begann sie sofort wieder, sich fleißig zu reiben. „Brav, mein Kätzchen, weiter so." Sabine fügte sich. Der Schmerz auf ihrem Handrücken und die Angst vor weiteren Hieben waren stärker als ihre Scham. Außerdem war da diese unglaubliche Erregung, die diese ganze Szenerie bei ihr auslöste, und die sie mit großer Macht zum Weitermachen antrieb.

Wieder fühlte sie den kalten Gegenstand. Diesmal an ihrem Rücken, direkt über ihren Pobacken. Sie bekam augenblicklich eine Gänsehaut. Er schien unter die Bluse zu fahren, um dann ganz langsam an ihrem Rückgrat entlang nach oben zu wandern. Den Saum der Bluse nahm er dabei mit. Bald würde Sabine völlig nackt sein. Sie rieb weiter ihre nasse Möse und seufzte dabei leise. Mittlerweile hatte sie sich ganz schön in Fahrt gebracht, sie war tropfnass und dem Gefühl nach zu urteilen mussten ihre Nippel aufrecht stehen wie zwei Ausrufezeichen.

Was war das für ein Geräusch? Es hörte sich an wie ein Stöhnen. Von weiter weg. War es etwa die Kapuzengestalt, die sich in ihrer Ecke einen runterholte? Es war ein gleichmäßiges Röhren, sehr eigenartig, und doch auch irgendwie vertraut.

Das Geräusch tat ihrer zunehmenden Erregung jedoch keinen Abbruch. Diese verbotene Geilheit: Unglaublich, wie es sie antörnte, vor diesem wildfremden Mann mit gespreizten Beinen und nahezu nackt wie wild zu masturbieren. Noch dazu mit verbundenen Augen, nicht wissend, was um sie herum passierte. War das aufregend! Sabine fühlte, dass es nicht mehr lange bis zum Höhepunkt dauern würde.

„Aber geh bloß nicht zu weit! Es ist dir strengstens verboten, dich zum Orgasmus zu bringen." Oh nein, warum sagt er das erst jetzt! Es war zu spät, der Punkt ohne Wiederkehr war bereits überschritten. Unaufhaltsam rollte der Orgasmus auf sie zu, er war nicht mehr aufzuhalten. Welche Strafe ihr wohl blühte? Würde er sie auspeitschen? Bis ihre Haut in Fetzen hing? Nackte Panik ergriff sie.

Das eigenartige Geräusch wurde zum Schnarchen ihres Mannes, der neben ihr im Bett lag und seinen Bierdunst verströmte, während sie von einem ungeahnt intensiven Orgasmus übermannt wurde. Sie biss die Zähne zusammen, um nicht laut aufzuschreien.

Nachdem der Höhepunkt verflogen war stellte sie fest, dass ihre Hand in ihrem Schritt war. Sie hatte sich also tatsächlich im Schlaf einen runter geholt! Na, kein Wunder. So vernachlässigt, wie sie war. Zwischen ihren Beinen war es klatschnass.

Sie hatte Herzklopfen, war aufgewühlt und hellwach. An Schlaf war nicht mehr zu denken. Statt stundenlang wach zu liegen entschied sie sich, aufzustehen. Leise verließ sie das Schlafzimmer und ging in die Küche. Sie hatte Durst. Gierig trank sie ein Glas Leitungswasser. Hatte sie sich gerade tatsächlich im Schlaf selbst befriedigt? Sabine lachte kurz auf und schüttelte den Kopf. Schon wieder eine neue Facette, die sie an sich entdeckte. Die Phase des asexuellen Lebens schien endgültig vorbei zu sein. Sie holte sich noch ein Glas Leitungswasser und setzte sich an den Küchentisch. In jungen Jahren war sie sexuell ja recht aktiv gewesen, hatte zeitweise keine Gelegenheit ausgelassen. Erst in den langen Ehejahren war ihre Triebhaftigkeit nach und nach eingeschlafen. Der Alltag, die Arbeit, das nachlassende Interesse ihres Gatten. Sie schob das Wasserglas von sich, sie brauchte jetzt etwas stärkeres. Im Gefrierfach lag noch eine Flasche Wodka. Sie mischte sich ein Glas, halb und halb mit O-Saft. Immer noch aufgewühlt führte sie es mit zittriger Hand an den

Mund und nahm einen großen Schluck. Der Geruch des Alkohols mischte sich mit dem Duft nach ihrem Mösensaft, der noch an ihrer Hand haftete. Irgendwie hatte sie das Gefühl, dass sie diesen Duftcocktail in Zukunft noch öfter riechen würde. Ein Blick auf die Uhr verriet ihr, dass die Nacht noch jung war: halb eins. Sollte sie einen Spaziergang machen? Schlafen könnte sie jetzt sowieso nicht. Dafür würde schon ihr schnarchender Mann sorgen. Mann, Mitbewohner, was auch immer. Sie trank das Glas leer. Diesmal mit ruhiger Hand, der Alkohol schien schon seine Wirkung zu entfalten.

Im Licht der Straßenlaternen ging sie den Weg in Richtung Hauptstraße hinunter. Das Viertel war wie ausgestorben, die Rollläden unten, kein Mensch weit und breit. Als sie die Hauptstraße erreichte, sah sie schräg gegenüber noch Licht. Leises Stimmengewirr, Gelächter. Es war der kleine Trödelladen, in dem sie so gerne einkaufte. Es gab kein Regal in ihrer Wohnung, das nicht von einigen Figuren oder sonstigen Gegenständen geziert wurde, die sie hier erworben hatte. Richtig: Die hatten für heute eine kleine Feier angekündigt. Sie erinnerte sich an den Flyer, den sie unlängst im Briefkasten gefunden hatte: Punsch umsonst, irgendein Jubiläum. Ein Glas Punsch käme ihr jetzt gerade Recht. Also wechselte sie die Straßenseite. Zögernd stand sie vor dem Eingang und blickte durch die offene Tür. Es schien nicht allzu viel los zu sein, nur eine Handvoll Menschen war in dem kleinen, mit Krimskrams hoffnungslos überfüllten Raum. Sie erkannte das Pärchen, das den Laden betrieb. Die letzten Hippies, wie sie fand. Er wie meistens im Batik-

T-Shirt, mit langen, braunen Haaren und Vollbart. Sie in enger Jeans und bauchfrei. Als der Blick der Inhaberin sie fand, lächelte sie und winkte sie herein. Sie ging ein paar Schritte auf sie zu. „Hi, guten Abend, komm doch herein." Sie schien schon ein wenig beschwipst zu sein, nicht mehr ganz trittsicher, ein wenig schwankend. „Möchtest du einen Punsch? Der ist gut, vielleicht zu gut." Sie lachte übermütig und strahlte sie mit großen, braunen Augen an. „Unsere Stammkundin hat noch Durst, je später der Abend..." Die anderen begrüßten sie. „Hallo zusammen" sagte Sabine, etwas schüchtern. Die Inhaberin schöpfte Punsch aus einem großen Topf in einen Becher und reichte ihn ihr. „Ich bin Nadine, Prost!" – „Sabine, Dankeschön" Sie probierte von dem dampfenden Gebräu. Schien recht stark zu sein. Genau das richtige für heute Nacht. Sie sah sich um, warf einen Blick auf die anderen Gäste. Es schien bereits Aufbruchstimmung zu herrschen. Zwei Paare verabschiedeten sich gerade. „Oh, wollt ihr schon zumachen?" – „Nein, auf gar keinen Fall! Wir wollen heute feiern, unser einjähriges Jubiläum. Weißt du, wir hätten nie gedacht, dass wir das so lange durchhalten. Die hohe Miete, der Ärger mit der Stadtverwaltung, und diese unsäglich spießigen Nachbarn." wieder lachte sie ihr erfrischendes Lachen. Die beiden Paare gingen. Jetzt waren nur noch die Inhaber und zwei Männer da, offensichtlich Freunde von ihm. „Was treibt dich so spät noch zu uns?" – „Ich kann nicht schlafen. Und um ehrlich zu sein..." Sabine näherte ihren Mund Nadines Ohr und flüsterte: „mein Mann schnarcht so laut." Nadine lachte glockenhell.

Nanu, was war das eben? Sabine runzelte die Stirn. Wie kam sie dazu, dieser Nadine solch vertraute Sachen ins Ohr zu flüstern, gerade so als wären sie beste Freundinnen? Was war nur in sie gefahren, war sie schon so besoffen? Nein, am Alkohol alleine konnte es nicht liegen, denn irgendwie fühlte sie eine Vertrautheit mit dieser Nadine. Und sie mochte sie, sogar sehr gerne. Klar: eine Frau, die in ihrem Laden all diese wunderschönen Sachen verkaufte, konnte kein schlechter Mensch sein.

„Hey, lass uns noch einen bauen", sagt einer der beiden verbliebenen Gäste mit leicht lallender Zunge. Er wirkte irgendwie verstrahlt. „Ja, aber nicht hier. Kommt, wir machen zu und gehen nach hinten." antwortete der bärtige Inhaber mit tiefer, ruhiger Stimme. Er wirkte sympathisch auf Sabine. Souverän, entspannt, friedfertig. Ein echter Hippie eben. Stirnrunzelnd und etwas perplex sah Sabine Nadine an. Die lächelte süffisant, zog eine Augenbraue hoch und fragte mit der verbotene Früchte verheißenden, dunkel-rauchigen Stimme einer Bordsteinschwalbe: „Hast du Lust? Komm doch mit!" Sie nahm Sabine an der Hand und führte sie zu einer hinter Verkaufsware fast versteckten Tür im hinteren Bereich des Ladens. „Vielleicht kannst du dann besser schlafen." Sabine musste lachen. Die anderen drei folgten ihr, nachdem der Inhaber die Ladentür verschlossen und das Licht ausgemacht hatte. Sabine fand sich in einer Art Wohnküche wieder. Auf der einen Seite eine Küchenzeile, auf der anderen ein großes Sofa und ein Sessel vor einem niedrigen Wohnzimmertisch. Die drei Männer ließen sich auf das Sofa fallen. „Setz' dich." Nadine deutete auf den Sessel. Etwas zögernd leistete Sabine ihr Folge. Nadine ging zum Kühlschrank und holte für jeden ein Bier heraus. Danach setzte sie sich auf Sabines Schoß. „Das ist übrigens mein Freund Johannes, du kennst ihn sicher vom Laden. Und das sind Uwe und Thorsten. Jungs, das ist Sabine, meine beste Kundin." „Prost!" Das klirrende Geräusch allgemeinen Anstoßens erfüllte den Raum. Uwe hatte bereits angefangen, einen Joint zu bauen. Sabine musste grinsen, sie fühlte sich in ihre Studentenzeit zurückversetzt. Sie war aufgeregt, hatte Herzklopfen. Das kam jetzt alles doch sehr überraschend, was für eine verrückte Nacht! Eben hatte sie noch heimlich neben ihrem schlafenden Ehemann masturbiert, und jetzt war sie im Begriff, mit fremden Menschen Drogen zu nehmen.

Die drei Männer unterhielten sich angeregt über Formel 1, Sabine verstand nur Bahnhof. Nadine lächelte sie an. „Erzähl was von dir, was treibst du so?"

Sabine fing an, von sich zu erzählen. Von ihrem Teilzeitjob als Architektin. Dass sie früher übrigens auch gerne mal einen geraucht hatte, allerdings schon seit vielen Jahren nicht mehr. Nadine strahlte sie an. „Na, dann wird es ja allerhöchste Zeit!" Uwe zündete den Joint an und nahm einen kräftigen Zug. Ein fast in Vergessenheit geratener Duft stieg in Sabines Nase. Für einen kurzen Moment fühlte es sich an, als wäre jede Faser ihres Körpers angespannt. Allein das Wiedererkennen des Geruches, der den baldigen Rausch verhieß, versetzte Sabines Nervensystem kurzzeitig in einen Ausnahmezustand. Reflexartig atmete sie den Duft tief ein. All das lief an ihrem

Bewusstsein vorbei wie von selbst ab – wie bei einem Hund, der beim Anblick eines Knochens automatisch mit dem Schwanz wedelt. „Riecht das gut!" sagte sie genüsslich. Nadine lachte und legte zärtlich den Arm um Sabines Schultern. Der Joint machte die Runde, zunächst bei den Herren auf dem Sofa. Johannes reichte ihn nach mehreren tiefen Zügen an Nadine weiter. Die hielt ihn Sabine an den Mund. Gerade als Sabine ihn zwischen die Lippen nehmen wollte, zog sie ihn kichernd weg. „Der erste Zug nach vielen Jahren! Der sollte doch etwas feierlicher genommen werden, quasi zelebriert!" Nadine nahm den Joint verkehrt herum in den Mund und näherte sich damit Sabines Gesicht. Ihre Lippen berührten fast Sabines Mund, als sie ihr den Rauch durch den Joint hindurch entgegen blies. Sabine atmete ihn tief ein. Wie lange hatte sie das nicht mehr gemacht. „Bravo!" Die drei Männer klatschten Beifall. Ein Hustenanfall durchzuckte Sabines Körper. Die anderen lachten.

Nadine nahm nun selbst einen tiefen Zug, und reichte den Joint danach Sabine. „Noch einen Zug?" Sabine nahm den Joint dankend an. Als sie ihn zum Mund führte erschrak sie: Ihre Finger rochen immer noch nach Mösensaft! Sie war vorhin so durcheinander gewesen, dass sie ganz vergessen hatte, sich die Hände zu waschen. Wie peinlich: sie musste riechen wie eine Hure nach der Arbeit. Schließlich klebte der Saft nicht nur an ihren Fingern, ihr Unterleib war ja nach ihrem heimlichen Verwöhnprogramm triefend nass gewesen. Ganz zu schweigen davon, dass sie dabei ziemlich ins Schwitzen gekommen war. Die dünne Stoffhose und das sommerliche Oberteil schirmten ihre Körpergerüche sicherlich nur unzureichend von der Außenwelt ab. Und diese Nadine räkelte sich auf ihrem Schoss, schmiegte sich regelrecht an sie. Sie musste es längst gerochen haben! Die Scham ließ ihr das Blut in den Kopf schießen. Zum Glück war das Licht schummrig genug, so dass man ihren vermutlich hochroten Kopf nicht sehen konnte. Hoffentlich. Sabine nahm noch ein paar Züge zur Beruhigung, bevor sie die Tüte wieder – mit der linken Hand - an die Herren auf dem Sofa zurück reichte.

Es dauert nicht lange, bis die Wirkung einsetzte. Alkohol und Gras – eine teuflische Mischung. Ein leichter Schwindel, verzerrte Wahrnehmung. Die Stimmen der drei Männer, die sich immer noch angeregt über Formel 1 unterhielten, hörten sich an, als wären sie direkt in ihrem Kopf. Und gleichzeitig ganz weit weg. Sie spürte die Bewegungen von Nadine, die sich gerade auf ihrem Schoss zurechtrückte. Sabine betrachtete ihre neue Freundin, als hätte sie sie zum ersten Mal gesehen: Dunkelblonde, leicht rötliche, kurze Locken umrahmten ihr ovales Gesicht mit den großen braunen Augen und dem lächelnden roten Mund. Sie war sehr zierlich und vielleicht 1,60 groß. Ganz offensichtlich trug sie keinen BH unter ihrem knappen, eng anliegenden Oberteil. Ganz Hippie eben. Ihre Brüste schienen fest und knackig zu sein. So, wie Sabine selbst so gerne welche gehabt hätte. Die langen, schlanken Beine baumelten lässig über die linke Armlehne des Sessels, ihr linker Arm lag um Sabines Schultern. Alles in allem eine schöne Frau. Sie wirkte irgendwie ungezwungen, so natürlich, und sehr, sehr anziehend auf Sabine. Elfengleich. Sabines drogenumnebeltes Gehirn zauberte ein weich gezeichnetes Bild in Pastelltönen vor ihr inneres Auge: Nadine im langen, weißen Kleid, wie sie im Sonnenuntergang barfüßig und federleicht über eine Blumenwiese schwebt. Wie alt sie wohl sein mochte? Schwer zu sagen, sie war irgendwie alterlos. Außerdem war Sabines Blick schon zu getrübt, um das genauer feststellen zu können. Darüber hinaus war es ihr auch egal.

Jemand schaltete den Fernseher ein. Es lief – natürlich – Formel 1. Das aggressive Geräusch der hochdrehenden Motoren lag in der Luft. Sabine erinnerte sich dunkel an ein Gespräch ihrer Arbeitskollegen: je nach Austragungsort kam die Live-Übertragung mitunter mitten in der Nacht. Diesmal schien das Rennen in Fernost stattzufinden. Ein echter Formel 1 Fan stellte sich auch zu nachtschlafender Zeit den Wecker, um ja kein Rennen zu verpassen.

Das Lächeln in Nadines Gesicht verblasste, eine Falte erschien zwischen ihren Augenbrauen. „Möchtest du das sehen?" – „Eigentlich nicht wirklich. Ich sollte auch nach Hause gehen." Nadine drehte sich um 90 Grad und schwang ihre langen Beine von der Armlehne herunter. Sie stand auf und nahm Sabines Hand. „Quatsch nicht, komm mit!" Wieder verfiel sie in ihre rauchige Bordsteinschwalbenstimme: „Ich hab noch was zu rauchen, oben..." Sie zog Nadine lächelnd aus dem Sessel. Im ersten Moment verlor Sabine fast das Gleichgewicht. Heftig, heftig! Sie muss sich kurz an Nadine festhalten. Die schwankte selber, erst nach links, dann nach rechts, dann fielen sie beinahe gemeinsam zu Boden. Zum Glück tat sich niemand weh. Alle im Raum lachten. Sabine war völlig neben der Spur. Irgendwie fühlte sie sich gelöst, Glücksgefühle durchströmten sie. Sie musste lachen, konnte gar nicht mehr damit aufhören. Sie musste an einen schwanzwedelnden Hund denken. Dieser Gedanke machte den Lachflash noch schlimmer. Wie peinlich!

Nachdem sie beide aufgestanden waren, holte Nadine noch vier Bierflaschen aus dem Kühlschrank, zwei reichte sie Sabine, zwei nahm sie selbst in die Hand. „Viel Spaß noch beim Formel 1 Gucken!" – „Ciao!"

Nadine verließ die Wohnküche und ging ins Treppenhaus. Sabine torkelte ihr hinterher, immer noch lachend. Im ersten Stock führte Nadine sie in ein kleines Zimmer, möbliert mit einer Couch, einem kleinen Tisch, einer Kommode und Bücherregalen. In einer Ecke stand ein großer Kerzenständer, vor dem Fenster unter der Dachschräge mehrere Blumentöpfe mit großen Zimmerpflanzen. An den pastellrot gestrichenen Wänden hingen so viele Bilder, dass von den Wänden kaum noch etwas zu sehen war. Hauptsächlich alte Schwarz-Weiß-Aufnahmen. Jeder freie Zentimeter des Regals war voll mit Krimskrams. Nadine zündete die Kerzen an und löschte das Licht. Sehr gemütlich, richtig heimelig. Sie schaltete die kleine Stereoanlage an. Leise, ruhige Musik von einer Art, die Sabine noch nie gehört hatte. Offenbar etwas älteres, das noch nie den Weg in die Charts gefunden hatte. Sehr nett, und vor allem passend zu Sabines Rauschzustand. Langsam hörte der Lachflash auf, Sabine beruhigte sich wieder.

Sie stand immer noch an der Türe und beobachtete, wie Nadine auf dem Holzboden vor der Kommode kniete und in der untersten Schublade kramte. Sabines Wangen schmerzten vom ungewohnt vielen Lachen. Noch immer überfielen sie ab und zu unkontrollierte Lach-Attacken. Immer wieder dieser Hund.

Nadine schien gefunden zu haben, wonach sie gesucht hatte. Triumphierend hielt sie einen kleinen Plastikbeutel hoch. „Taraaah!" Sie stand torkelnd auf, kam langsam auf Sabine zu. Ganz nah. Sie küsste sie auf den Mund. Danach nahm sie Sabine mit einem spitzbübischen Lächeln an der Hand und zog sie Richtung Sofa. Sie ließ sich auf das Sofa fallen und klopfte mit der Hand auf die Sitzfläche neben sich. „Komm, machen wir's uns gemütlich!" Sie öffnete zwei Bierflaschen mit dem Feuerzeug, so dass die Kronkorken mit einem lauten Plopp an die Decke sprangen und anschließend irgendwo im Zimmer auf den Boden fielen. „Santé!" – „à la tienne!" Ein weiterer Lachanfall. Diesmal war es nicht der Hund, sondern die Tatsache, dass sich ihre Zunge ganz komisch anfühlte. Sie schien ganz von alleine zu sprechen. Sabine setzte sich und trank. Gar nicht so leicht, wenn man unter Lach-Attacken leidet. Sie beobachtete Nadine, wie diese mit verdächtig routinierten Fingern einen Joint bastelte.

Nadine schüttelte den Kopf. „So ein Kinderkram. Wenn er sich wenigstens für Fußball interessieren würde, das ist immerhin ein richtiger Sport. Außerdem haben die Fußballer so leckere, stramme Waden. Aber nein, es muss Autorennen sein." Nadine reichte Sabine den fertigen Joint. „Magst du den ersten Zug?" Sabine nahm den Joint entgegen und zündete ihn an. Sie wollte ihn an Nadine weiterreichen, doch die reagierte nicht. Stattdessen beugte sie sich zu ihr hin und schürzte auffordernd die Lippen. Sabine führte den Joint an Nadines Lippen und ließ sie ziehen. Mist, zu spät! Sie hatte ihr kleines Geruchsproblem ganz vergessen. Nadine zog – und schnupperte an ihrer Hand. Oh neiiiin! Sabine versank vor Scham im Erdboden, Tränen schossen ihr in die Augen. Gott, war das peinlich!

„Mademoiselle, Mademoiselle!" Mit vorwurfsvollem Blick blies Nadine ihr kopfschüttelnd den Rauch ins Gesicht.

Sabine ließ die Schultern hängen, legte mit zitternder Hand den Joint in den Aschenbecher und blickte Nadine mit feuchten Augen und einem verzweifelten Gesichtsausdruck an. Dann senkte sie den Blick zu Boden. Die erste Träne kullerte über ihre Wange.

Nadines strafender Blick wurde sanft und mitfühlend, wie Sabine aus dem Augenwinkel wahrnahm. „Hey! Was ist denn?" Nadine strich ihr zärtlich eine Haarsträhne aus dem Gesicht und streichelte ihre tränenfeuchte Wange. Sabine hob zaghaft den Blick, sah Nadine ängstlich in die Augen. Die wirkte erschrocken und amüsiert zugleich. „Es tut mir so leid, ich wollte dir nicht zu nahe treten!" Sie nahm Sabine in die Arme. „Ich wollte dich doch nur veräppeln!" Da brach es aus Sabine heraus. Sie heulte wie ein kleines Mädchen. Wie doch der Drogenrausch Stimmungsschwankungen verstärken kann. „Er will mich nicht mehr ficken, er holt sich lieber einen runter!" schluchzte sie an Nadines Schulter. „Ich bin alt, runzlig, fett und hässlich!" – „Oh mein Gott! Sag' nicht solche Sachen!" Nadine streichelte ihren Rücken. „Du bist ein heißes Luxusweib! Und du siehst doch, wie Männer so sind. Die gucken lieber mit ihren Kumpels Autorennen, statt ihren ehelichen Pflichten nachzukommen. Das ist ganz einfach so, da kannst du aussehen, wie du willst. Oder findest du etwa, dass ich hässlich bin?" Nadine beugte sich zurück und nahm eine verführerische Pose ein: Die Schultern nach hinten, die Brust heraus, den Kopf verächtlich in den Nacken. Sabine musste unter Tränen lachen. „Nein, im Gegenteil! Du bist eine wunderschöne Klasse-Frau!" – „Siehst du! Und trotzdem sitzt er lieber mit seinen rülpsenden Kumpels vor der Flimmerkiste und säuft. Und weißt du was? Die haben uns gar nicht verdient!

Sie nahmen beide einen tiefen Schluck. Nadine schnippte die Schuhe von ihren Füßen und zog die Beine aufs Sofa. „Weißt du, als du vorhin in den Laden gekommen bist, mit diesem suchenden Blick, irgendwie durcheinander, da hast du mich total an mich selbst erinnert. Ich habe dich gesehen, und wusste irgendwie, was in dir so vorgeht." – „Bin ich so durchschaubar?" – „Du bist ein offenes Buch für mich!" Nadine nahm den Joint aus dem Aschenbecher, inhalierte, beugte sich zu Sabine, berührte ihre Lippen – und blies ihr den Rauch in den Mund.

Sabine war völlig irritiert. Ein Wechselbad der Gefühle, wie man so sagt. Erst Lachanfall und Glücksgefühle, dann tiefe Scham und Niedergeschlagenheit. Und jetzt… diese Frau: so fremd und doch vertraut. So anders als sie selbst. Und doch eine Seelenverwandte, die sie auf Anhieb verstand? Und auf jeden Fall äußerst hübsch. Richtig schön, könnte man sagen. Und charismatisch, von gewinnender Offenheit. Ihre Berührungen: verwirrend. Diese körperliche Präsenz, verrückt.

„Du hast einen schönen Körper." Nadines linke Hand streichelte sanft Sabines Schulter, dann ihren Oberarm. Ihre Rechte berührte ihr Knie, wanderte ihren Oberschenkel hinauf. „Was für ein toller Busen." flüsterte sie. Sabine schaute sie mit entgleisten Gesichtszügen an. „Was ist?" fragt Nadine. „Komme ich dir zu nahe?" Sie zog die Hand von Sabines Oberschenkel weg. „Nein, das ist es nicht, im Gegenteil. Es ist nur…" – „Was?" Nadine legte ihre Hand wieder auf Sabines Oberschenkel, rückte näher an sie heran, bis ihre Körper sich berührten. Sabine spürte die Hitze von Nadines Körper an ihrer Seite. Sie war nervös, wusste nichts mit ihren Händen anzufangen. Sie nahm den Rest des Joints aus dem Aschenbecher in die Hand, betrachtete ihn. „Es ist nur so, dass du die mit dem schönen Körper bist – und vor allem die mit dem tollen Busen."

Was passierte hier? Sabine war verwirrt. Begann sie gerade ein amouröses Abenteuer mit einer Frau? Das hatte sie noch nie gemacht. Nicht einmal daran gedacht. Im Gegenteil: Andere Frauen waren in ihrem Weltbild in der Regel nichts als potentielle Rivalinnen! Besonders andere Frauen mit einem so schönen Körper. Doch andererseits: Sabine hatte sich selten jemandem so nah gefühlt. So verstanden. Und vor allem so begehrt: etwas mittlerweile völlig ungewohntes! Ihr innerlicher Widerstand bröckelte allmählich, im Gegenzug wurde sie immer aufgeregter: Es war eine Art trotziger Übermut, gepaart mit wachsender Neugier auf das Fremde, das Unbekannte, das Verbotene. Und natürlich war da dieser euphorische Drogenrausch, der sie mit großer Macht dazu antrieb, Grenzen zu überschreiten. Nach so vielen Jahren eines langweiligen, biederen und lieblosen Alltags-Daseins.

Nadine nahm Sabine den Joint aus der Hand, zog daran und blies ihr abermals den Rauch in den Mund. Doch diesmal entwickelte sich ein langer, zärtlicher Kuss daraus. Sabine ließ es geschehen. Mehr noch: der letzte Widerstand in ihr war überwunden, sie ließ sich fallen, gab sich ganz den berauschenden Gefühlen hin, die diese Frau in ihr auslöste. Minutenlang dauerte der Kuss, ihre Gesichter eingehüllt in Marihuanarauch. Sabine fühlte die Fingerspitzen von Nadines rechter Hand, die unter ihrer Bluse nach oben wanderten und ihre rechte Seite streichelten. Sie bekam eine Gänsehaut. Der Kuss dauerte an, wurde leidenschaftlicher. Mit geschickten Fingern öffnete Nadine Sabines Bluse. „Wow!" Sie beugte sich herunter und küsste ihr Dekolleté. Der Kuss verfehlte seine Wirkung nicht: Sabines Nippel wurden groß und hart. „Mmmmmh" schnurrte Nadine bei diesem Anblick. Sie streichelte sanft mit den Fingerspitzen über die beiden Knospen, die sich deutlich unter dem zarten Stoff des BHs abzeichneten. Es folgte ein weiterer leidenschaftlicher Kuss.

Sabine wand sich aus Nadines Umarmung, diese erschrak. „Was ist?" – „Ich, ähm, ich muss mal," stotterte sie, „wo ist denn die Toilette?" – „Musst du wirklich, oder ist es dir zu viel?" Nadine wich zurück. „Ich muss mal, wirklich." Sabine zwang sich ein Lächeln auf die Lippen. Sie war völlig durch den Wind. „Beweis es mir!" Erschrocken stellte Sabine fest, dass Nadines rechte Hand an ihrem Unterbauch herumdrückte. Plötzlich fühlte sie einen starken Druck auf ihrer ohnehin volle Blase. „O.k., genehmigt. Die zweite Tür links." Sabine stand auf und torkelte, wie sie war, mit offener Bluse zur Tür hinaus und nahm den ihr gewiesenen Weg.

Während der Erledigung ihres Geschäftes wanderten ihre Gedanken zurück in ihre Jugend. Natürlich hatte sie als junges Mädchen mit ihrer besten Freundin das Küssen geübt. Und ja: ab und zu hatte sie von Zärtlichkeiten mit Frauen geträumt. Zum Beispiel mit ihrer Klassenlehrerin. Allerdings hatte sie das nie weiter verfolgt oder vertieft. Irgendwann während der Pubertät hatte sie auch den Kontakt zu anderen Mädels aufgegeben. Jungs waren seinerzeit einfach viel, viel interessanter. Außerdem hatte sie häufig den Eindruck, dass andere Mädels ein doppeltes Spiel spielten: war sie beispielsweise mit einer Freundin beim Einkaufen gewesen, konnte sie sicher sein, dass diese ihr immer zum unvorteilhaftesten Kleidungsstück riet. Das Konkurrenzdenken zwischen Frauen war ihrer Erfahrung nach eben in aller Regel stärker als freundschaftliche Gefühle.

Als sie zurück ins Zimmer kam, stellte sie trotz Vollrausch fest, dass sich etwas verändert hatte. Es dauerte, bis sich ihre Augen an das Halbdunkel gewöhnten. Das Sofa war zu einem Bett aufgeklappt. Auf diesem Bett lag eine splitternackte Nadine! Sabine trat näher. Wie schön sie war! Nadine sah sie fordernd an. Sie hatte die Arme hinter ihrem Kopf verschränkt. Ein letztes Mal bäumte sich Widerstand in Sabine auf: „Nein, geh weg! Das ist nichts für dich!" Doch Nadines verführerische Stimme sagte: „Zieh dich aus, Süße, und komm zu mir!" Es war die beeindruckende Anziehungskraft dieser Frau, gepaart mit dem unwiderstehlichen Reiz des Verbotenen. Die Erinnerung an diesen zärtlichen, nicht enden wollenden Kuss. Und natürlich der Rausch, diese verhängnisvolle Mischung aus Alkohol und Drogen. Wie ferngesteuert streiften Sabines Hände die offene Bluse über ihre Schultern und ließen sie zu Boden gleiten. Schuhe raus, Hose runter, es passierte wie von selbst. Sicher kein eleganter Strip, doch Sabine war heilfroh, in ihrem Zustand dabei nicht der Länge nach hingefallen zu sein. Sie ging zum Bett, kniete sich rittlings über Nadines Schenkel. Sie sog den Anblick von Nadines Oberkörper in sich auf. Diese beneidenswert schönen Brüste. Sie griff hinter sich und öffnete ihren BH. Dann streifte sie die Träger von ihren Schultern und warf ihn lässig in die gegenüberliegende Ecke. Sie straffte ihren Oberkörper und präsentierte ihre beiden Prachtstücke. „Mmmmmmh", entfuhr es Nadines Mund. Sabine beugte sich zu Nadine hinunter, bis ihre Brüste deren Bauch berührten. Sie stützte sich mit den Händen auf der Matratze auf und ließ ihre Nippel langsam über Nadines Oberkörper wandern. Nadine schloss die Augen und begann, tief ein- und auszuatmen. Sabine hauchte ihr einen Kuss auf den Hals. Nadine öffnete die Augen. „küss mich!" Was folgte war ein weiterer, endlos langer Kuss. Die beiden Frauen waren dabei eng umschlungen.

Sabine war unglaublich erregt. Nicht nur in sexueller Hinsicht, sondern in jeder Hinsicht. Die Nähe von Nadines Frauenkörper war einerseits befremdend, ja beängstigend, geradezu erschreckend. Gleichzeitig fühlte es sich auch unglaublich gut und richtig an. Als wäre es schon immer so gewesen. War das ein déjà-vu?

Jetzt wurde Nadine aktiv: Sie drehte Sabine auf den Rücken und nahm die oben liegende Position ein. Dann griff sie nach Sabines Armen und drückte diese links und rechts von ihrem Kopf in die Matratze. Sie war sehr bestimmend, fast dominant. „Nicht bewegen!" flüsterte sie. Was nun folgte würde sich in Sabines Gedächtnis einbrennen, noch viele Jahre würde sie sich sehr oft daran erinnern. Als eines der aufregendsten und schönsten Erlebnisse in ihrem ganzen Leben. Denn Nadine verwöhnte sie jetzt von Kopf bis Fuß nach Strich und Faden, und zwar mit einer derartigen Kunstfertigkeit, wie es nur eine Frau mit all ihrem Wissen um den weiblichen Körper vermochte. Ihr Mund und ihre Hände waren überall. Sabine zerfloss förmlich, ihr ganzer Körper war zu einer einzigen erogenen Zone geworden. Willfährig ließ sie sich vollkommen fallen, ließ es es einfach geschehen. Sie hatte keine Ahnung, was Nadine mit ihrem Körper anstellte, aber es war atemberaubend.

Kurz bevor Sabine heiß und heftig kam, ließ Nadine plötzlich von ihr ab. Ein Seufzer der Enttäuschung löste sich von Sabines Lippen. Nadine dreht sich um 180 Grad, so dass ihr Unterleib direkt vor Sabines Gesicht war. Sabines Kopf war nun gefangen zwischen Nadines Schenkeln, ihr Allerheiligstes senkte sich langsam herab, kam immer näher und berührte schließlich Sabines Mund. Ihr Duft drang in Sabines Nase ein, ihr Saft benetzte ihre Lippen. Sie fühlte sich überrumpelt, ausgeliefert, fast benutzt. Diese Präsenz des weiblichen Geschlechtsorgans so nah an ihrem Gesicht war nun doch sehr irritierend, fast ein wenig zu viel. Und gleichzeitig war es aufregend. Exotisch. Verlockend.

Neugierig, jedoch etwas zögerlich schob Sabine ihre Zunge vor, ließ sie Nadines Lippen zerteilen. Wow: Es war wie das Naschen an der Frucht vom Baum der Erkenntnis: So fühlte sich das also an! Jetzt verstand sie auf einmal, warum manche Männer so versessen auf diese Praktik waren. Leider nicht alle: Ihr Mann hatte sie noch kein einziges Mal auf diese Weise berührt. Na, selber Schuld!

In diesem Moment begann Nadine aufs Neue, ihre hohen Künste zwischen Sabines Schenkeln auszuüben. Ihre Berührungen ließen tausend Blitze durch ihren Unterleib zucken, es war atemberaubend schön. Und wahnsinnig geil. Sabines Hemmungen vielen von ihr ab, lustvoll und inbrünstig machte sie mit ihrem Mund genau das zwischen Nadines Beinen, wovon sie sich so viele Jahre vergeblich gewünscht hatte, dass ihr Mann es mit ihr tun würde.

Sabines Körper begann, sich hin und her zu winden. Ihre Hände krallten sich in Nadines Po, bis die Knöchel weiß wurden. Ekstase. Ein Orgasmus, so heftig, dass es ihr fast zu viel war. Dann die Erlösung.

Erschöpft sank sie zurück. Ihr Herz raste, ihr Atem ging schnell, sie war schweißgebadet. Sabine war fix und fertig. Der zweite Orgasmus in dieser Nacht, das war fast ein wenig viel für ihren in Liebesdingen völlig aus der Übung gekommenen Körper. Dazu ein veritabler Rausch. Und dann war da noch diese Verwirrung, ausgelöst durch die Erfahrung der gleichgeschlechtlichen Liebe. Sie musste unbedingt nach Hause.

Nadine hatte vollstes Verständnis. Ein letzter, zärtlicher Kuss. Die beiden Frauen zogen sich an, gingen die Treppe hinunter. Aus der Küche dröhnte immer noch das kreischende Geräusch der Rennwagen. Marihuanarauch quoll unter der Tür hindurch in den Flur. Sabine verabschiedete sich von ihrer Freundin. Sie hielten sich noch eine Weile an den Händen und sahen sich an. Plötzlich müssten sie lachen. Sie fielen sich in die Arme. Sabine war glücklich. Genauso glücklich wie fertig. Sie machte sich auf den Weg. Zu Hause angekommen schaffte sie es kaum, sich zu entkleiden und den Pyjama anzuziehen. Sie legte sich leise und vorsichtig neben ihrem immer noch schnarchenden Mann ins Bett und fiel umgehend in einen ohnmachtartigen Tiefschlaf.

**Der Tag danach**

Doris schlenderte gemütlich durch die Fußgängerzone. Sie war bester Laune. Das lag zum einen daran, dass sie heute ihren freien Tag hatte und einen Einkaufsbummel in der Frühlingssonne genießen durfte, statt sich endlos lange Stunden im Foyer der Firma schier zu Tode langweilen zu müssen. Zum anderen war es die Erinnerung an die vergangene Nacht: Nach einer viel zu langen Zeit des Darbens, des einsamen, ungeküssten Single-Daseins, einer schier endlosen Periode nonnenhafter Abstinenz war sie in den Genuss einer aufregenden Unterbrechung ihres sonst so keuschen Alltags gekommen. Und zwar mit ihrem Schwarm Michael, den sie seit Jahren heimlich anhimmelte. Dem einzigen Mann in ihrem Umfeld, zu dem sie sich wirklich hingezogen fühlte, und der – wie sollte es auch anders sein – verheiratet war. Verheiratet mit einer Hexe. Mit einer bitterbösen Frau, die ihn demütigte und unterdrückte, wie Doris wusste. Ihren geliebten Michael, den einzigen Mann mit Charakter. Doch in der letzten Nacht war es endlich, endlich geschehen: Gerade noch rechtzeitig, bevor er für immer aus ihrem Leben verschwinden würde, hatte sie all ihren Mut zusammengerauft und sich mit ihm verabredet. Sie hatte ihn betrunken gemacht und in ihre Höhle geschleppt, um ihn zu verführen und sich von ihm nach Strich und Faden bürsten zu lassen.

Eine Windböe erfasste Doris' Körper und zauberte eine Gänsehaut auf ihre nackten Unterarme. Sie genoss diese körperliche Empfindung. In einem Schaufenster sah sie ihr Spiegelbild: Diese Frau, deren Haare gerade vom Wind zerzaust wurden, war in Wahrheit wild und gefährlich. Sobald sie das enge Korsett ihrer Empfangsdamen-Uniform und das unverbindliche Dauerlächeln abgelegt hatte, wurde sie zur animalischen Männerfresserin. Eine Welle der Erregung erfasste ihren Körper bei der Erinnerung daran, wie sie sich breitbeinig und willfährig den enthemmten Beckenstößen ihres Geliebten hingegeben hatte. Sie konnte förmlich seinen Schweiß riechen, hatte sein geiles Stöhnen im Ohr. Vor ihrem inneren Auge war ihr Spiegelbild mit einem Leopardenfell bekleidet und hatte eine Keule in der Hand.

Der Wind wurde stärker und kühler, die wärmenden Sonnenstrahlen wichen einem düsteren Zwielicht. Fernes Donnergrollen übertönte Michaels Lustschreie in ihrer Fantasie. Sie sollte jetzt schnell ein Kaufhaus aufsuchen, um dem herannahenden Gewitter zu entgehen. In ihrer Eigenschaft als Leseratte war die Bücherabteilung ein geeigneter Ort, um das Ende des Unwetters abzuwarten. Sie war jetzt genau in der richtigen Stimmung, um sich in das eine oder andere erotische Buch zu vertiefen.

Ein lauter Donnerschlag schreckte Doris auf. Dicke Regentropfen plätscherten auf den Asphalt. Die Fußgängerzone war wie leergefegt. Es war zu spät, um in das nächste Kaufhaus zu gehen, ohne patschnass zu werden. Doris drängte sich unter einem schützenden Vordach an ein Schaufenster und beobachtete den Orkan, der durch die vor zwei Minuten noch dicht bevölkerte, doch jetzt völlig menschenleere Straße peitschte. Ihr war kalt.

Der Zeitungsladen, zu dem das Schaufenster gehörte, war geschlossen. Mittagspause. Neben der Eingangstür war ein Durchgang zu einem Hinterhof. Doris zog sich in den schützenden Durchgang zurück, und fand sich an einem düsteren Ort zwischen vollen Müllcontainern wieder.

Plötzlich klingelte ihr Handy. Unbekannter Teilnehmer. Doris hob ab und meldete sich. Eine eiskalte Frauenstimme antwortete: „Hallo, spreche ich mit der Frau, die meinen Mann vögelt?" Doris fühlte warmen Urin an ihren Beinen herab rinnen.

**Der Jüngling**

Am Tag danach wachte Sabine erst um die Mittagszeit auf. Kein Wunder bei den nächtlichen Eskapaden. Sie zog den Kopf ein, aus Angst vor dem Kater, der sie sicher gleich mit hämmernden Kopfschmerzen peinigen würde. Doch nichts dergleichen. Sie fühlte sich den Umständen entsprechend gut. Sehr gut sogar. Anders als sonst nach dem Aufwachen war sie auch nicht matt und müde. Statt sich noch endlos im Bett herumzuwälzen stand sie gleich auf, öffnete den Rollladen und ließ die Sonne herein.

Das Tageslicht ließ sie endgültig wach werden. Sie ging in die Küche und setzte Kaffee auf. Sabine war die letzte in ihrem Bekanntenkreis, die noch nicht auf einen zeitgemäßen Kaffee-Vollautomaten umgestiegen ist. Da sie üblicherweise am frühen Morgen noch völlig gerädert war, konnte sie den Lärm dieser Geräte nicht gebrauchen. Sie bevorzugte das sanfte Blubbern und Gluckern ihrer alten Kaffeemaschine, die gerade einen äußerst angenehmen Duft verströmte.

Sabines neuer Lebenswandel schien sich positiv auf ihren Gemütszustand auszuwirken. Sie hatte nicht nur beste Laune beim Aufstehen, sondern empfand das helle Sonnenlicht nach dem Erwachen als angenehm und anregend. Und als Sahnehäubchen nahm sie den gewohnten Kaffeeduft viel intensiver wahr als sonst. Sabine stellte fest, dass sie auf dem richtigen Weg war.

Beim Kaffee Trinken überlegte sie, was sie mit dem heutigen Tag anstellen könnte. Als erstes würde sie ein paar der gestern gekauften Kleidungsstücke umtauschen. Teile, die vielleicht doch zu gewagt waren, oder ihr schlicht nicht standen. Sie würde diesmal das Auto nehmen, um weitere Peinlichkeiten mit umfallenden Einkaufstüten in der U-Bahn zu vermeiden. Außerdem war schlechtes Wetter gemeldet und sie hatte keine Lust, ihre hübschen neuen Schuhe gleich am ersten Tag einzusauen. Selbstverständlich würde sie ihre neuen Kleider gleich heute testen.

Nach einer kurzen Dusche begab sie sich ins Schlafzimmer. Was sollte sie anziehen? Sie betrachtete sich nackt im Spiegel. Welch ein Unterschied zu der Frau, die sie gestern aus dem gleichen Spiegel so traurig und verzagt angeblickt hatte: Leuchtende Augen, ein verschmitztes Lächeln, selbstbewusste Körperhaltung. Und natürlich haarlose Beine. Sie hatte sich gestern entschieden, nicht nur der Beinbehaarung zu Leibe zu rücken, sondern – der heutigen Mode entsprechend – auch das Fell in ihrem Schritt zu entfernen. Komplett. Stolz betrachtete sie ihren glatt rasierten Unterleib. Sie hatte einen sehr ausgeprägten Venushügel. Sagte man nicht, dass das ein Zeichen für außergewöhnliche sexuelle Energie wäre? Sie fand, dass ihre große, saftige, reife Pflaume bestens zu ihren beeindruckenden Brüsten passte. Sabine beschloss, dass ihr Körper wie geschaffen war für ausgiebigen und intensiven Sex.

Sie entschied, am heutigen Tag Kleidung zu wählen, die diesem Umstand gerecht würde: halterlose dunkle

Nylons, ein schwarzer Tanga, dazu passender Spitzen-BH. Rote High-Heels. So gekleidet ging sie ein paar Schritte vor dem Spiegel auf und ab. Ungewohnt in den hohen Schuhen. Sie gehörte zu der Generation, die als junge Mädchen aus Prinzip keine hohen Schuhe getragen hatte. Flache Turnschuhe und fransige Jeans, das war die Uniform der damaligen Zeit. Glücklicherweise hatte Sabine damals für die wenigen Anlässe, an welchen hohe Schuhe geboten waren, wie Tanzkurs-Abschlussball und ähnliches, ausreichend geübt, um auch in den hochhackigsten Stilettos eine gute Figur zu machen. Ihrer Überzeugung nach gab es kaum etwas peinlicheres, als auf elegant dünnen Absätzen wie ein Bauerntrampel daherzustolpern.

Jetzt noch die Frage nach dem richtigen Kleid für den heutigen Tag. Sie wählte ein eng anliegendes schwarzes Exemplar mit rotem Gürtel, passend zu den Schuhen. Der V-förmige Ausschnitt gewährte tiefe Einblicke in das Tal zwischen ihren Brüsten. Der Rocksaum: gerade lang genug, um die Strumpfbänder zu bedecken. Der seitliche Schlitz ließ allerdings bei jedem Schritt einen kurzen Blick auf nackte Oberschenkelhaut zu. Perfekt. Sabine machte sich vollends fertig, kramte die umzutauschenden Sachen zusammen und verließ das Haus.

Als sie sich nach der Umtausch-Aktion auf den Rückweg machte, fing es an zu regnen. Ein scharfer Wind blies durch die Straßen, und es wurde ungewöhnlich dunkel. Es schien der Beginn des ersten Gewitters in diesem Frühling zu sein. Wie gut, dass sie mit dem Auto unterwegs war.

Kurz nachdem sie losgefahren war ging der Regen in einen ausgewachsenen Wolkenbruch über. Blitze zuckten über den Himmel. Mitleidig betrachtete Sabine mehrere Fußgänger, die in gebückter Haltung mit vom Wind zerfleddertem Regenschirm über die Straße eilten. An einer der Gestalten blieb ihr Blick haften. War das nicht ihr gestriger U-Bahn-Retter? Aber natürlich! Sie fühlte die Schamesröte in ihr Gesicht schießen. Ihr erster Impuls: einen kurzen Hals machen und schnell vorbei fahren. Doch in diesem Augenblick ging der Regen in Hagel über. Mist. Es blieb ihr wohl nichts anderes übrig, als sich bei dem jungen Mann zu revanchieren. Ihn bei diesem Wetter nicht im Auto mitzunehmen wäre doch zu undankbar. Sie fuhr rechts ran und hupte. Erst auf den zweiten Blick erkannte er sie durch die nasse Autoscheibe. Schnell stieg er ein und zog die Autotür hinter sich zu. Er brachte einen Schwall kalter und feuchter Luft mit ins Auto. Der arme war völlig durchnässt.

„Hi, das ist aber nett, dass Sie mich mitnehmen, so ein Mistwetter!" − „Kein Thema, wir haben doch die gleiche Richtung, oder?" − „Ja, sieht so aus, vielen Dank!" − „Bin die Sabine, und wie heißt du?" − „Kai, hallo Sabine."

Schweigen. Wortlos fuhren sie durch das Unwetter. Sabine fiel absolut nichts ein, womit sie das Gespräch fortführen könnte. Denkblockade. Ihrem Beifahrer schien es ähnlich zu gehen. Mehrere nervöse Seitenblicke in ihre Richtung, jedoch kein Wort. Einmal trafen sich ihre Blicke. Ertappt. Beide lächelten kurz und wandten den Blick schnell wieder von einander ab. Etwas schien Kai im Fußraum zu irritieren. Sabine wusste, was es war: Ihre Schuhe. Da es sich mit hochhackigen Schuhen schlecht Auto fährt hatte sie sie in den Beifahrerfußraum gestellt.

Wohlwollend nahm Sabine aus dem Augenwinkel zur Kenntnis, dass Kai heimlich in ihren Ausschnitt schielte. Sie überkam das Bedürfnis, ein wenig mit ihren Reizen zu spielen. Sie atmete etwas tiefer ein und wölbte den Oberkörper nach vorne. Sie beschloss, dass der Saum ihres Kleides durchaus etwas weiter nach oben rutschen könnte, und bewegte sich unauffällig ein wenig vor und zurück, um so den Rock ein Stückchen höher zu schieben. Sehr schön: Ihre Oberschenkel lagen nun fast völlig frei. Die ausgesendeten Signale schienen auch bereits angekommen zu sein, wie sie mit einem Seitenblick auf die wachsende Beule in Kais Schritt feststellte.

Sie rollten auf eine rote Ampel zu. Sabine wurde übermütig. Nachdem das Auto zum Stehen gekommen war beugte sie sich über Kais Beine. Sie stützte sich mit der rechten Hand auf seinen Oberschenkel, nur wenige Zentimeter von der Beule entfernt, und griff mit der linken nach ihren Schuhen zwischen seinen Füßen. Sie achtete darauf, dass sie dabei einen besonders tiefen Blick in ihren Ausschnitt gewährte, und seinen linken Arm mit der rechten Brust berührte. Sie beugte sich zurück, lächelte Kai verführerisch an und warf die Schuhe auf den Rücksitz. Die Ampel wurde grün, sie fuhren weiter.

Es hatte funktioniert! Die Hosenbeule nahm ungeahnte Ausmaße an. Sein Mund stand ein wenig offen, sein Blick sprang unverwandt zwischen ihren Brüsten und den nackten Beinen hin und her. Sie hatte ihn in der Hand.

Der Regen hörte auf, als sie ihr Stadtviertel erreichten. Die Sonne spitzte durch schnell größer werdende Wolkenlücken hindurch und spiegelte sich in den Pfützen. „Möchtest du noch auf einen Kaffee mit rauf kommen?" „Äh. Äh, ja! Gerne!" – „Na dann, komm mit!" Sabines Herz klopfte wie wild. Einerseits vor Vorfreude auf den hoffentlich gleich stattfindenden Sex mit diesem jungen, knackigen Kerl, andererseits vor Glück darüber, dass sie ihn so schnell rumgekriegt hatte. Es war der Beweis dafür, dass sie eben doch eine scharfe Sexbombe war. Auch wenn ihr dämlicher Ehemann das nicht erkannte.

Sabine wiegte ganz bewusst ihre Hüften, als sie vor ihm die Treppe hinaufging. Auf dem Treppenabsatz drehte sie sich kurz zu ihm um und lächelte ihn ermutigend an. Sie öffnete die Tür, nahm ihn an der Hand und zog ihn hinein. Sie beschloss, gleich zur Sache zu kommen. Bloß keine Verlegenheit aufkommen lassen, der Braten musste gegessen werden, so lange er heiß war. Und er war sehr heiß: Die Hosenbeule stand deutlich hervor. Sabine sah Kai tief in die Augen, ging unverwandt auf ihn zu und drückte ihn mit dem Rücken zur Wand. Er ließ es geschehen. Sie küsste ihn, wild und ungestüm. Große Augen blickten sie an. Sein Mund öffnete sich ihrer drängenden Zunge. Ihre rechte Hand wanderte zu seiner Hosenbeule und knetete sie. Seine Augen wurden noch größer. Ihre Zunge erkundete die Tiefen seines Mundes, ungeduldig nestelte sie seine Hose auf und griff nach seinem Schwanz, der ihr hart entgegen federte. Ihr Körper drängte sich ihm entgegen, sie drückte ihn fest gegen die Wand. War das geil! Ein lautes „Ooooohhhh" entfuhr seinem Mund, die Augen rollten nach oben. Sein Schwanz pulsierte im festen Griff ihrer Hand. Erstaunt beugte sie ihren Oberkörper zurück und sah nach unten. Ein großer Spermaschwall kam ihr entgegen und traf sie am Kinn. Die Vorderseite ihres Kleides war bereits von oben bis unten besudelt. Sein Schwanz wollte gar nicht mehr aufhören, seinen Saft zu verspritzen. Unglaublich, welche Mengen er hervorbrachte. Besonders im Vergleich zu den spärlichen paar Tropfen, derer ihr Gatte sie zuletzt gewürdigt hatte. Bevor er sich entschieden hatte, ihr seine Körperflüssigkeiten gänzlich vorzuenthalten.

Nachdem der Spermastrom verebbt war sah Kai sie mit verschämtem Blick an. Verzweiflung sprach aus seinem Gesicht. Sabine musste lachen. „Hey, was ist? Das ist doch völlig o.k.! Im Gegenteil: ich wäre schwer beleidigt, wenn es nicht so wäre." Nachdem sie sich das Kinn abgewischt und seinen Saft genüsslich von ihrer Hand geleckt hatte – nicht ohne ihm dabei tief in die Augen zu blicken – nahm sie sein Gesicht zwischen beide Hände und küsste ihn zärtlich auf den Mund. Er blickte sie immer noch sehr verunsichert an und ließ die Schultern hängen.

Der Junge brauchte jetzt einen Schnaps. Eine Original-Sabine-Mischung, halb und halb. Sie nahm ihn an der Hand und zog ihn in Richtung Küche hinter sich her.

Sein Schwanz baumelte auf Halbmast aus der offenen Hose. Sie würde ihn schon wieder aufrichten. Sowohl sein Gemächt als auch sein Selbstvertrauen. Schließlich hatte sie eine gewisse Verantwortung für den Jungen: Wenn sie ihn schon verführte, ja regelrecht benutzte, sollte er wenigstens keinen seelischen Schaden davontragen. Sie schenkte zwei Wodka-O's ein. Großzügige Mischungen, sehr großzügig. Sie reichte ihm ein Glas. „Prost, Kai!" Ein leises „Prost, Sabine" war die Antwort. Beide tranken sie ihr Glas auf einen Zug aus.

Kai zitterte. Kein Wunder, er steckte ja immer noch in den nassen Klamotten. „Noch einen?" – „Ja, das tut gut!" Sie schenkte die Gläser wieder voll. „Komm, du musst aus den nassen Sachen raus." Sie trug die Gläser in Richtung Wohnzimmer und stellte sie auf den Tisch. Sie blickte an sich herunter. Ihr Kleid war völlig versaut. Sie beschloss, es auszuziehen. Mit einem Lächeln auf den Lippen öffnete sie es und ließ es langsam an ihrem Körper herunter gleiten. Sein Schwanz richtete sich umgehend wieder auf. Geht doch. „Na komm, zieh dich aus! Ich habe noch viel mit dir vor..." gurrte sie, als sie langsam auf ihn zuging. Er ließ die Hüllen fallen. Sie trat ganz nah auf ihn zu, bis ihre Brustspitzen seinen Oberkörper berührten. Sie sog seinen Duft ein. Die nassen Haare, diese Männlichkeit. Sie nahm seine Hände und zog ihn Richtung Sofa. Sie setzten sich nebeneinander hin. „Prost!" sie tranken. „Habe ich mich eigentlich schon bei dir bedankt?" – „Wofür?" – „Na, für deinen heldenhaften Einsatz gestern in der U-Bahn." Sie küsste ihn. Danach entledigte sie sich ihres BH's. Sie genoss den bewundernden Blick seiner großen Augen. Er griff nervös nach dem Glas und trank es auf einen Zug aus, ließ dabei jedoch den Blick nicht von ihren Brüsten. Sie zog ihren Slip aus und spreizte die Schenkel ein wenig. Sie konnte seinen gierigen Blick auf ihrem Unterleib regelrecht fühlen. Dann nahm sie seine Hand und führte sie zwischen ihre Schenkel. Er streichelte sie zaghaft. Unter seinen Berührungen wurde sie nass. Und geil. Sie wollte ficken. Jetzt. Sie entschied sich, ihm diesmal den aktiven Part zu überlassen. Um ihn nicht noch weiter zu verunsichern. Sie legte sich rücklings aufs Sofa und zog ihn zu sich herunter. Er bestieg sie, sie spreizte die Beine. Sie half ihm, den Eingang zu ihrer Höhle zu finden, er drang vorsichtig in sie ein. Was für ein geiles Gefühl, nach so langer Zeit endlich wieder einen Schwanz in sich zu spüren! Sabine genoss es in vollen Zügen.

Er ließ es langsam angehen. Sehr vernünftig. Sie spürte, wie aufgeregt er war. War sie sein Erstes Mal? Möglicherweise. Sehr wahrscheinlich sogar. Ob er wusste, welches Geschenk er ihr damit machte? Sie schloss die Augen und gab sich ganz ihren körperlichen Wahrnehmungen hin. Sie wollte es genießen, bevor es vorbei war. Was nicht lange dauerte. Keuchend entlud sich Kai nach kurzer Zeit in sie und sank erschöpft auf ihr nieder. Sie strich ihm zärtlich durchs Haar und küsste ihn auf die Stirn. „Noch einen Wodka?" – „Ja, gerne." Sie schälte sich unter ihm hervor, trank ihr Glas aus und ging mit beiden Gläsern in Richtung Küche, um Nachschub zu holen. Auf dem Rückweg spürte sie, wie sein Sperma warm an den Innenseiten ihrer Oberschenkel herab rann. Sie setzte sich wieder neben ihn. Nachdem sie abermals getrunken hatten streichelte sie seinen Körper. Ob sie seinen Prügel wohl noch ein weiteres Mal zum Stehen brachte? Angesichts seine Jugend nicht unwahrscheinlich. Sie schmiegte sich an ihn, strich mit ihren Brüsten über seinen Oberkörper. Küsste ihn. Auf den Mund zuerst. Dann seine muskulöse Brust. Er schien regelmäßig Sport zu treiben. Ein toller Körper, ein richtiger Adonis. Und so taufrisch, so unverbraucht. Was für ein Genuss, die Fingerspitzen langsam über seinen durchtrainierten Bauch streichen zu lassen, hinunter zu seiner Männlichkeit. Siehe da: sein Schwanz begann sich schon wieder aufzurichten. Beeindruckend, wie binnen Sekunden aus dem schlaffen Wurm ein prächtiger Ständer wurde. Sie beschloss, ihn zu vernaschen. Sich zu nehmen, was sie so dringend brauchte. Endlich. Sie setzte sich rittlings auf ihn und nahm seinen Schwanz tief in sich auf. Sie machte ein Hohlkreuz, präsentierte ihm ihre von harten Knospen gekrönten Prachtstücke. Sie ritt ihn, die Hände auf seinen starken Schultern aufgestützt. Ihre Brüste schwangen im Takt ihrer Bewegungen auf und ab. Er griff nach ihnen, streichelte sie. Sanft zuerst, dann fester. Sie beschloss, einen Gang höher zu schalten. Schließlich hatte er seine überschüssigen Körpersäfte bereits ausgiebig verspritzt, diesmal würde er ganz bestimmt mit ihr mithalten können. Sie ritt ihn hart und hemmungslos. Mit schmatzenden Geräuschen wurde sein Sperma vom letzten Mal zu Schaum geschlagen. Schließlich kam sie heiß und heftig. Und er mit ihr, laut aufstöhnend. Seine durchtrainierten Muskeln waren aufs äußerste angespannt. Unterhalb seines harten Waschbrettbauchs traten die Adern deutlich hervor. Wie die Wurzeln eines Baumes liefen sie auf sein in ihr pulsierendes Gemächt zu. Dieser göttlich schöne

Männerkörper, diese sexuelle Kraft. War das geil. So unendlich geil.

Sein ekstatischer, fast ungläubiger Blick sprang zwischen ihren Augen und ihrem Körper hin und her. Es war definitiv sein Erstes Mal. Sie, Sabine war sein Erstes Mal. Und ganz offensichtlich war er begeistert von ihr, er war völlig von den Socken. Er würde sich für den Rest seines Lebens an sie erinnern. Als die Frau, die ein neues Kapitel in seinem Leben aufgeschlagen hatte. Sie war ab sofort die Messlatte, an der alle zukünftigen Partnerinnen gemessen würden. Und sie hatte den uneinholbaren Vorsprung, die Erste gewesen zu sein. Falls er in vielen Jahren heimlich masturbiert, statt es mit seiner Ehefrau zu treiben, wird er dabei auf jeden Fall an sie denken. Selbst wenn sie zu diesem Zeitpunkt schon längst alt und grau sein würde.

Nachdem ihr Orgasmus abgeflaut war erschrak sie: Wie spät war es? Oh nein, jeden Moment musste ihr Mann nach Hause kommen. Sie sagte es Kai aufgeregt. Der erschrak, sammelte schnell seine umher liegenden Klamotten zusammen und zog sich hastig an. Er half ihr, ihre Kleider ebenfalls aufzulesen. Zum zweiten Mal, musste sie lächelnd feststellen. Dann küssten sie sich zum Abschied. Ihr Herz klopfte, sie war glücklich. Er schien ebenfalls glücklich zu sein. Na, schließlich hatte er zu guter Letzt die an sich selbst gerichteten Erwartungen erfüllt. Sabine war darüber unglaublich erleichtert, wusste sie doch nur zu gut um den Leistungsdruck, der in dieser Hinsicht auf dem männlichen Geschlecht lastet. Als er sich bereits zum Gehen wandte, wurde Sabine von spontanem Übermut erfasst. Sie griff sein Kinn, drehte seinen Kopf zu sich zurück und sagte bestimmend: „Das war nicht das letzte Mal, ich habe noch viel mit dir vor!" Zärtlich fügte sie noch hinzu: „mein Geliebter" Er strahlte übers ganze Gesicht. Sie öffnete die Tür und schob ihn schnell hinaus. Gerade noch rechtzeitig, wie sie bereits wenige Minuten später erleichtert feststellen musste, als sie den Schlüssel im Türschloss hörte.

**Der Tabubruch**

Ein paar Tage später wachte Michael nachts plötzlich auf. Es war gegen drei Uhr, alles war still. Nur das gleichmäßige Atmen von Wiebke neben ihm war zu hören. Das durch den Vorhang gedämpfte Licht der Straßenlaterne vor dem Haus tauchte das Schlafzimmer in ein dämmriges Halbdunkel. Wiebke konnte bei Dunkelheit nicht schlafen, deshalb waren die Rollläden immer offen. Michael lauschte eine Weile den beruhigenden Schlafgeräuschen seiner Frau, konnte aber trotzdem nicht wieder einschlafen. In der Ferne bellte ein Hund. Michael musste an seinen Rauswurf aus der Firma denken. Ein Unding. Seine Gedanken drehten sich im Kreis wie so oft in letzter Zeit. Irgendwann schweiften sie ab zu seinem Erlebnis mit Doris. Unweigerlich bekam er einen Ständer. Es war schon unglaublich aufregend gewesen, seine Lust so ungehemmt ausleben zu dürfen. So ganz anders als mit diesem garstigen Weib neben ihm. Wie es wohl wäre, mit Wiebke das zu machen, was er mit Doris getan hatte? Einfach über sie herfallen, sie vernaschen? Ein schöner Gedanke. Doch leider war daran nicht zu denken, sie würde es nie zulassen. Warum eigentlich? Vielleicht würde es ihr sogar gefallen? Doris hatte es ja auch nicht so schlecht gefunden. Michaels Hand wanderte unter der Decke zu seinem Schritt. Er spielte ein wenig mit seinem Schwanz, der aus dem Bund der Unterhose herausragte. In seinem Kopf lief ein Film von ihm und Wiebke, in dem Wiebke völlig nackt auf dem Boden kniete und er sie von hinten nahm. Kaum zu glauben: Bis zu seinem Erlebnis mit Doris hatte er noch nie eine Frau von hinten genommen, schon gar nicht seine eigene. Wiebke drehte sich neben ihm um. Sie lag jetzt näher bei ihm, er konnte ihren Atem auf seiner nackten Schulter spüren. Sie war so nah, nur durch ihr kurzes Nachthemd von ihm getrennt, in dem sie mit ihren langen Beinen immer so Klasse aussah. Und unter dem sie, wie er wusste, keinen Slip trug. Und doch war sie so fern. Michael verspürte den Drang, seine Hand zu Wiebke wandern zu lassen. Er beherrschte sich, rieb stattdessen seinen Schwanz. Wie schön es doch wäre, sie zu berühren. Ihre langen Schenkel. Ihren knackigen Hintern. Wie sehr er diese Frau doch liebte. Wie sie wohl reagieren würde, wenn er sich ihr im Schlaf näherte? Vermutlich würde sie ihm eine scheuern. Was würde passieren, wenn… wenn er sich einfach nähme, wonach im war? Michael drehte sich zu ihr hin, atmete den Duft ihrer Haare ein. Er schob seinen Unterkörper an sie heran, bis er ihr Nachthemd an seinem Schwanz fühlte. Keine Reaktion. Er konnte sich nicht mehr so ganz beherrschen, die Versuchung war einfach zu groß. Die Lust auf mehr. Vorsichtig schob er ihr Nachthemd ein wenig hoch, so dass sein Schwanz die nackte Haut ihrer Hüfte berührte. Herzklopfen. Angst vor ihrer Reaktion, wenn sie aufwachen würde. Doch es passierte – nichts. Offenbar Tiefschlafphase. Michael rieb sich langsam an Wiebkes Hüfte, ganz sanft. Plötzlich – oh Schreck – bewegte sie sich. Michael zog sich blitzartig zurück, auf alles gefasst. Wiebke drehte sich langsam auf die andere Seite und schlief weiter. Michael atmete erleichtert aus. Schwein gehabt.

Jetzt lag sie seitlich auf dem Bauch, ihr linkes Bein angewinkelt. Ihr Hinterteil war Michael auf verführerische Weise zugewandt. Ihr Körper zeichnete sich im dämmrigen Licht unter der dünnen Sommerdecke ab. Michael erholte sich von seinem Schreck. Plötzlich hatte er den Drang, sich seiner Unterhose zu entledigen. Er empfand sie als störenden Fremdkörper, der ihn davon abhielt, Wiebkes nackte Haut zu spüren. Ganz langsam und vorsichtig zog er sie aus. Dann näherte er sich Wiebke wieder, bis sein Prügel ihre knackige rechte Arschbacke berührte. Seine Schläfen pochten. Er wollte sie. Jetzt. Von hinten nehmen. Er hatte bei Doris Blut geleckt. Und Wiebke war so ein verdammt heißer Feger. Und außerdem seine Frau, was sprach also dagegen?

Vorsichtig hob er sein linkes Bein über ihren rechten Oberschenkel, bis sein Knie zwischen ihren Beinen auf der Matratze festen Halt hatte. Dann stützte er sich mit dem linken Arm links von ihr auf. Alles, ohne sie zu berühren. Jetzt hielt er eine Weile inne. Sollte er es wirklich wagen? Sein Stammhirn beantwortete die Frage mit einem klaren Ja. Sein Großhirn war außer Funktion. Er zog die linke Hand vorsichtig zurück und ließ eine große Portion Speichel in sie hinein tropfen, den er anschließend auf der Spitze seines Schwanzes verrieb. Dann begab er sich wieder in seine Ausgangsposition. Der Duft ihrer Haare raubte ihm den letzten Rest an Vernunft und Selbstkontrolle. Er war nur noch triebgesteuert. Er bewegte die Hüften vor, bis sein Schwanz ihren Schritt berührte. Er musste mit der Hand nachhelfen, um den Eingang zur Möse seiner immer noch tief schlafenden Frau zu finden.

Dann begann es. Er schmiegte seinen Oberkörper an ihren Rücken und stieß zu. Es tat weh. Das bisschen Spucke ersetzte bei weitem nicht den dafür vorgesehenen weiblichen Körpersaft. Egal, er machte weiter. Wiebke bewegte sich, offensichtlich wachte sie gleich auf. Er musste noch mal mit der der Hand nachhelfen, um seinem Schwanz den Weg zwischen ihren Lippen zu bahnen. Nochmals stieß er hart zu, stechender Schmerz an seiner malträtierten Eichel. Sie wachte auf. „He, was… Michael, du Schwein!" Sie bäumte sich auf. Doch Michael war vorbereitet. Er drückte sie mit seinem ganzen Körpergewicht auf die Matratze. Sie hat keine Chance. Er fasste ihre Handgelenke und hielt sie mit eisernem Griff fest. Gleichzeitig zog er sein rechtes Bein über ihres, so dass er nun mit beiden Knien zwischen ihren gespreizten Beinen lag. Wiebke fauchte üble Verwünschungen. Sie wehrte sich verzweifelt. Es war wie beim Rodeo. Michael blieb jedoch fest im Sattel. Nur leider gelang es ihm nicht, richtig in sie einzudringen. Er versuchte es weiter, die Schmerzen waren ihm egal. Wie geil es doch war, endlich seine Frau zu nehmen. Vor seinem inneren Auge sah er in Zeitraffer viele der Szenen, in denen er von Wiebke sexuell dominiert, geschlagen und gedemütigt worden war. Endlich, endlich lief es einmal anders herum. Was für ein berauschendes Erlebnis! Und Wiebke hatte so einen herrlichen Körper. Michael kam, entlud seinen Saft zwischen ihre Lippen. Und konnte plötzlich problemlos in sie eindringen. Ein spitzer Schrei aus Wiebkes Mund, gefolgt von wildem Aufbäumen. So musste es sein, einen wilden Mustang zu reiten. Doch dann wich die Anspannung aus Wiebkes Körper, schlaff sank sie aufs Laken und ließ es geschehen. Michael fühlte sich großartig: Er hatte sie sich gefügig gemacht, zumindest für diesen Augenblick. Er rammelte sie wie ein wildes Tier, bis ein weiterer Orgasmus seinen Körper durchfuhr, was nicht lange auf sich warten ließ: Zu berauschend war dieses Erlebnis, zu einmalig. Dann sank er ebenfalls schlaff nieder. Erschöpft lag er auf ihrem Rücken. „Wiebke" seufze er glücklich in ihr Ohr. Was auch immer jetzt passieren würde: es war es wert.

„Du Dreckschwein. Das hätte ich nicht von dir gedacht." Michael war es gewohnt, dass Wiebkes Stimme mitunter kalt und schneidend war. Doch diesmal war sie so kalt, dass die Hölle gefror.

**Die Bestrafung**

Sabine hatte gegen seine Anweisung verstoßen und sich ohne Erlaubnis zum Orgasmus gebracht. Die Nacht der Bestrafung war nun gekommen. Wieder wurde sie von dem Kapuzenwesen den langen Gang entlang geführt. Wieder war ihr Unterleib entblößt. Und wieder diese verstörenden Bilder an den Wänden. Sabine hatte Angst. Was würde er heute Nacht mit ihr machen? Wie weh würde er ihr tun?

Sabine war ein schmerzempfindlicher Mensch. Ihr Zahnarzt konnte ein Lied davon singen: Es war ihr jedes Mal furchtbar peinlich, dass sie sich auf dem Behandlungsstuhl so verkrampft hin und her wand, sobald er den Raum betrat, gerade so als würde er sie gleich mit glühenden Eisen traktieren. Aber sie konnte nicht anders. Und das obwohl sie glücklicherweise gute Zähne hatte, und er zumindest bis jetzt überhaupt nichts schmerzhaftes mit ihr angestellt hatte.

Je näher sie der Tür am Ende des Ganges kamen, desto nachdrücklicher musste das Kapuzenwesen sie vorwärts schieben. Von Schritt zu Schritt bekam Sabine weichere Knie. Wäre sie doch nicht so unbeherrscht gewesen, hätte sie doch nur die Anweisung des Meisters befolgt. Dann müsste sie jetzt nicht büßen für ihre ewige Geilheit.

Schließlich erreichten sie die Tür. Das Kapuzenwesen öffnete und geleitete sie hinein. Das Kaminfeuer prasselte, doch niemand war im Raum. Das

Kapuzenwesen schob sie zu dem Holzstuhl und gebot ihr, sich zu setzen. Dann verließ es den Raum. Sabine war nun allein.

Trotz des warmen Kaminfeuers war ihr kalt. Die hölzerne Sitzfläche des Stuhls fühlte sich eisig auf ihrer nackten Haut an und die Angst vor der bevorstehenden Tortur jagte ihr kalte Schauer über den Rücken.

Die Zeit verging, nichts geschah. Was in aller Welt erwartete sie nur? Mit jeder Minute wurde sie nervöser.

Endlich öffnete sich die Tür. Der Meister betrat den Raum. Er sah umwerfend aus in seinem offenbar maßgeschneiderten Anzug. „Hallo, meine Süße!" Diese wundervolle Stimme. Tief, männlich, ein wenig rau, und doch so einfühlsam. Es war fast so, als würden sich die Schallwellen seiner Stimme in ihrem Kopf einkoppeln, eine Resonanz hervorrufen. Und nicht nur in ihrem Kopf: Sie bekam Gänsehaut auf ihren Unterarmen und zwischen ihren Beinen kribbelte es. Als er mit sicherem Gang auf sie zukam, ein verschmitztes Lächeln auf den Lippen, empfand Sabine ein Gefühl der Sicherheit: Er war kein böser Mensch, er würde ganz bestimmt nichts wirklich schlimmes mit ihr anstellen. Ihre Angst ließ ein wenig nach und machte Platz für einen ganzen Cocktail anderer Gefühle: Vertrauen, Neugier und Lust. Große Lust. Gleich würde Sabine eine neue Welt der Empfindungen betreten.

Der Meister schritt einmal um Sabine herum. Als er hinter ihr war strich er ihr sanft durchs Haar. Sabine seufzte unweigerlich. Als er wieder vor ihr stand, hatte er ein langes, dünnes Lederband in der Hand. „Da du beim letzten Mal etwas unbeherrscht warst, werde ich dich heute zu deiner eigenen Sicherheit fesseln. Damit du nicht wieder gegen die Regeln verstößt, und ich dich nicht noch ein zweites Mal bestrafen muss." Diese Stimme, unglaublich. In Verbindung mit der irgendwie reizvollen Vorstellung, ihm gefesselt ausgeliefert zu sein, rief sie ein starkes Ziehen in Sabines Unterleib hervor.

Der Meister ließ das herunter hängende Ende des Lederriemens über ihren linken Oberschenkel streichen, vom Knie aufwärts, an der Innenseite entlang. „Zieh dich aus!" Sabine wurde feucht.

Sie tat wie ihr geheißen, die weiße Bluse glitt zu Boden. Nackt blickte sie zu ihm auf. Diese strahlenden blauen Augen in seinem gebräunten, männlichen Gesicht. Das Kaminfeuer knisterte.

„Jetzt beuge dich nach vorne. Ich möchte, dass du die Hände an deine Fersen legst, so dass deine Unterarme an den Innenseiten deiner Waden sind, die Ellbogen zwischen deinen Knien. Zögernd beugte sich Sabine vornüber und nahm die ihr angewiesene Körperhaltung ein. Der Meister ging vor ihr in die Hocke und korrigierte ihre Haltung ein wenig. Seine Berührung jagte einen wohligen Schauer über Sabines Haut. Er begann, ihren linken Unterarm an der Innenseite ihres linken Unterschenkels festzubinden. Fest, jedoch nicht so fest, dass es weh tat. Sie konnte sein Aftershave riechen. Noch nie war sie ihm so nah gewesen, trotzdem fühlte sich seine Nähe irgendwie vertraut an. Mit schnellen, geschickten Fingern flocht er das Lederband vom Ellbogen bis hinunter zum Handgelenk. Er hatte so schöne Hände. Nachdem der linke Arm fixiert war, fesselte er ihren rechten Arm ans rechte Bein. Es ging sehr schnell, ganz offensichtlich machte er das nicht zum ersten Mal. Bei diesem Gedanken wurde Sabine eifersüchtig. Sie blickte ihn böse an, er runzelte die Stirn. „Tut es weh?" - „Nein, alles bestens." antwortete sie mit leiser, etwas zitternder Stimme. Sie zwang sich ein Lächeln auf die Lippen.

Nachdem er mit dem Fesseln fertig war hob er sie hoch, als wäre sie federleicht. Sabine schmolz in seinen starken Armen dahin, vergessen war die Eifersucht. Er trug sie zu dem großen Bett und legte sie auf den Rücken. Erst jetzt entdeckte Sabine die beiden Eisenringe, die über dem Kopfteil des Bettes an der Wand befestigt waren. Sabine verstand: Er würde sie auf dem Rücken liegend mit den Füßen und den daran gefesselten Händen an diesen Ringen über ihrem Kopf festbinden, so dass ihr Hinterteil nackt, entblößt und schutzlos im Raum stehen würde. Da ihre Arme an den Innenseiten ihrer Beine fixiert waren, würde sie die Beine nicht zusammenpressen können, ihre Schenkel würden also gespreizt sein, und ihre Möse auf bestens zugängliche Weise dargeboten. Genauso wie ihr Hintern. Sabine schauderte.

Er tat genau das, was sie vermutet hatte. Was für eine erniedrigende Körperhaltung! Der Meister saß neben ihr auf der Bettkante und lächelte sie an. Diese blauen Augen, so tief wie der Ozean, dieses Kinngrübchen –

irgendwoher kam ihr dieses Gesicht bekannt vor. Einerseits auf vertraute, andererseits auf beängstigende Weise. Wer war dieser Mann?

Sabine fühlte seine Hand auf ihrer linken Pobacke. Er streichelte sie sanft. „Was jetzt kommt tut mir genauso weh wie dir, meine Süße." Seine Fingerspitzen näherten sich ihrer Möse, jedoch ohne sie zu berühren. Sabine war erregt. Eine irre scharfe Sache, so dargeboten, so Objekt zu sein. Er streichelte ihren Damm, dann umkreisten seine Finger ihren Hintereingang. Sabines Po verkrampfte sich. Er wird doch nicht... Trotz ausgiebiger sexueller Erfahrungen in ihrer Jugend war Sabines Hintertürchen noch Jungfrau. Des Meisters Hand verweilte verdächtig lange an Ort und Stelle.

„Ich werde dir jetzt die Augen verbinden." Gesagt, getan. Es war völlig dunkel, das schwarze Tuch ließ nicht den kleinsten Lichtspalt offen. Sabine hatte das Gefühl, endgültig die Kontrolle verloren zu haben. Jetzt war sie dem Meister völlig ausgeliefert, auf Gedeih und Verderb.

„Autsch!" Sabine fühlte einen schmerzhaften Schlag auf der rechten Pobacke. Was war das? Vermutlich die Reitgerte, mit der er beim letzten Mal ihren Handrücken traktiert hatte. „Aua!" noch ein Hieb, diesmal etwas stärker. Sabine fühlte, dass ihr jeden Moment die Tränen in die Augen schießen würden. Doch sie wollte das nicht. Sie wollte stark sein für ihren Meister. Zwar könnte er ihre Tränen im Augenblick hinter der Augenbinde nicht sehen, doch spätestens nach dem  Entfernen der Binde würde er erkennen, dass sie geweint hatte. Also biss sie die Zähne zusammen. Der dritte Hieb war wieder etwas stärker. „Hmm!" Diesmal unterdrückte sie den Schmerzensschrei so gut sie konnte. Sie war jetzt gefasst, wusste, was sie erwartete, das machte es leichter. Und noch ein Hieb. Wieder auf die gleiche Stelle, diesmal so stark, dass der Schmerz im ersten Moment kaum auszuhalten war. Wärme durchflutete ihre geschundene Pobacke. Nachdem der erste Schmerz nachgelassen hatte fühlte es sich gar nicht so schlecht an. Vor allem fühlte sich Sabine auf einmal so lebendig: Die intensive Wahrnehmung der Schmerzen machten ihr auf eindrucksvolle Weise klar, dass sie lebendig war. Ich leide, also bin ich.

Jetzt war ihre andere Pobacke dran. Bereits der erste Hieb ließ sie Sternchen sehen. Verdammt, würde sie jetzt tagelang nicht richtig sitzen können? Es war wirklich sehr schmerzhaft. Doch Sabine fügte sich in ihr Schicksal. Das war jetzt die wohlverdiente Strafe für ihre unbeherrschte Lüsternheit. Irgendwie hatte diese Bestrafung eine reinigende Wirkung. Sie müsste lediglich diese Tortur überstehen und man würde ihr Absolution erteilen, sie von ihren Sünden freisprechen. Sie würde wieder unschuldig sein wie ein kleines Mädchen. Mit zusammengebissenen Zähnen nahm Sabine die folgenden drei Hiebe hin. Jeder Schlag war ein wenig stärker, der letzte wieder fast unerträglich.

„Geschafft, meine Süße!" Sabines Hinterteil glühte. Es fühlte sich an, als wäre all ihr Blut in ihren Pobacken versammelt. Und in den benachbarten Regionen: Erst jetzt, da der Schmerz nachließ, bemerkte Sabine, wie erregt sie war.

Der Meister nahm ihr die Augenbinde ab. Sabine schmolz dahin beim Anblick seiner faszinierenden Augen. Sie strahlte ihn an. Würde er sie jetzt nehmen? Sie hoffte so sehr darauf. Sicher würde er es tun: Welcher Mann könnte schon ihrem Anblick in dieser Körperhaltung widerstehen? Die Vorfreude auf seinen Schwanz ließ ihr Herz hüpfen.

Doch Sabine wurde herb enttäuscht: Statt sich auf sie zu stürzen band er sie los. Als sie von ihren Fesseln befreit mit traurigem Blick auf dem Bett saß (ihr Hintern schmerzte beim Sitzen weniger, als sie befürchtet hatte), half er ihr in das dünne, weiße Hemd. Seltsam: Obwohl das Hemd nahezu durchsichtig war und zudem nur knapp unterhalb ihres Bauchnabels endete, fühlte sie sich jetzt darin gar nicht mehr nackt, im Gegenteil: sie fühlte sich so bekleidet und sicher, wie sie sich noch vor kurzer Zeit in Hose und Pulli gefühlt hätte. Nachdem sie auf diese entblößende Weise gefesselt und an die Wand gekettet war wusste sie jetzt, was wahre Nacktheit bedeutete. Außerdem: es gab keinen Grund, sich zu schämen, im Gegenteil. Sie empfand Stolz für ihren feuerroten Po, genauso wie für ihre nasse, geöffnete Möse, nicht zu vergessen für ihre harten Knospen unter der dünnen Bluse.

Der Meister half ihr auf. „Ich werde dich jetzt den anderen vorführen. Du bist nun gereinigt und bereit für den Initiationsritus."

Sabine erschrak. Was sollte das jetzt bedeuten? „Keine Angst, meine Süße, es ist nicht schlimm, im Gegenteil." Initiationsritus. Das Wort gab ihrer Erregung noch einen enormen Schub. Sicher würde sie von mehreren Männern genommen werden. Vielleicht sogar von mehreren gleichzeitig. In Sabines Vorstellung wurde sie von muskulösen Männerkörpern bedrängt, es gab kein Entrinnen. Harte Penisse suchten nach ihren Körperöffnungen. Fremde Hände waren überall auf ihrer nackten Haut. Dieser Gedanke war so geil, dass sie den Punkt ohne Wiederkehr überschritt. Der Orgasmus flutete heran.

„Übrigens warst du sehr tapfer." Das Echo dieser Worte hallte in ihrem Kopf nach. „Sehr tapfer." Diese vertrauten blauen Augen. „Sehr tapfer."

Sabine schreckte hoch, sie war hellwach. Ihr Mann lag ruhig neben ihr, diesmal ohne zu schnarchen. Wieder befand sich ihre Hand zwischen ihren Beinen. Sabine ließ sich zurück auf die Matratze fallen und gab sich ihrem Orgasmus hin. War das gut!

Auf das Hochgefühl des Orgasmus folgte die Erkenntnis: Ihr wurde klar, wer der Meister war. Gab es das? Sie hatte eben zum wiederholten Mal einen feuchten Traum von ihrem Zahnarzt! Und in ihrem Schritt war es wieder klatschnass.

## Böses Erwachen

Lautes Türschlagen weckte Michael aus einem traumlosen Schlaf. Es war bereits heller Tag. Nachdem sich seine Augen an die Helligkeit gewöhnt hatten realisierte er, dass Wiebke hektisch mit Kofferpacken beschäftigt war. Sie ging dabei sehr energisch zu Werke. Knallte einen leeren Koffer aufs Bett und verfrachtete ihre Sachen aus dem Schrank hinein. Es dauerte einige Sekunden, bis Michael begriff, was los war. Die vergangene Nacht. Seine unbeherrschte Sexattacke. Einer Vergewaltigung gleich. Häusliche Gewalt. Wie in schlechten Sendungen im Privatfernsehen. Die unweigerliche Konsequenz: Er wurde verlassen. Verdammte Scheiße.

Michael richtete sich halb auf. Er fühlte sich wie der letzte Mensch. Wie ein hundsgemeiner Axtmörder. Blitze zuckten durch seinen Kopf. Schuldgefühle, Scham. Sein Körper: gefühllos. Sein Blick: fassungslos.

Der nächste leere Koffer knallte aufs Bett. Die dadurch hervorgerufene Bewegung der Matratze unter ihm: der untrügliche Beweis, dass es wahr war. Kein böser Traum. Die nackte Realität.

Michael sank zurück. Sein Körper fühlte sich an wie gelähmt. Sein Kopf war taub. Der Koffer neben ihm war voll und schloss sich. Wiebke rauschte ab. Die Tür knallte. Michael heulte wie ein Schlosshund.

## Scham und Schuld

Stunden später quälte sich Michael aus dem Bett und ließ das tränendurchnässte Kissen zurück. Könnte er doch nur seine unendliche Niedergeschlagenheit genauso leicht hinter sich lassen! Diese Scham. Nackt wie er war schlurfte er am Spiegel vorbei. Was für eine jämmerliche Gestalt. Kopfschüttelnd wandte er den Blick von seinem Spiegelbild ab und blickte zu Boden. Er hatte kaum die Kraft, die Türklinke herunterzudrücken. Als er aufs Klo ging ließ er die Tür offen. Er nahm seinen klebrigen Aal in die Hand und pisste. Im Stehen. Wozu sich noch hinsetzen? Die Frau, die das von ihm verlangte, war weg.

Das Geräusch des plätschernden Urins war wie immer. Nur etwas lauter als sonst, weil er ja im Stehen pinkelte. Es fühlte sich auch so an wie immer. Er zielte auf das Wasser im Abfluss der Schüssel, so dass sein Strahl richtig laut pladderte. Irgendwie gab ihm das das Gefühl, dass das Leben weiterging.

Er spülte und ging zum Waschbecken. Mitten in der Bewegung hielt er inne: Hände Waschen war doch genauso überflüssig wie im Sitzen Pinkeln: Er war Single. Es war völlig egal, ob er sich mit gewaschenen oder ungewaschenen Händen am Sack kratzte. Und wozu hatte er überhaupt die Spülung gedrückt?

Michael trottete in die Küche und machte die Kaffeemaschine startklar. Danach ließ er sich auf die Eckbank plumpsen. Immer noch nackt, wie er feststellte, als seine Eier das kalte Holz berührten. Der Vorhang war offen – auch egal. Die Nachbarn würden den Anblick überleben. Er stützte die Ellbogen auf dem Tisch auf, das Kinn in den Händen. Er atmete tief ein – und ein lang gezogener Seufzer entwich seiner Brust.

Warum in aller Welt hatte er das nur getan? Warum hatte er sie so verletzt? Hätte er nicht einfach respektieren können, dass Wiebke nun einmal körperliche Nähe nur ertrug, wenn sie dabei die Kontrolle hatte? Sie hatte das einfach nicht verdient. Schließlich gab ihm diese Frau so viel. Vielleicht nicht immer das, was er wollte, dafür jedoch ab und zu das, was er brauchte. Und wie viele Männer würden sich die Finger nach ihr lecken!

Er war eben doch ein Versager. Wiebke hatte das schon völlig richtig erkannt. Dass man ihn gefeuert hatte war der beste Beweis gewesen.

Wie war es nur so weit gekommen? Er träumte gedankenverloren zum Fenster hinaus und ließ seinen Erinnerungen freien Lauf.

**Drei Monate zuvor**

Im warmen Auto sitzend genoss Michael die ungewohnten Strahlen der aufgehenden Februarsonne. Üblicherweise betrat er zu dieser Jahreszeit das Büro noch vor Tagesanbruch und verließ es abends wieder bei Dunkelheit. Um so mehr erfreute er sich jetzt an dem klaren Wintermorgen. Auf der Wiese zur rechten lag Raureif, die Senke dahinter war gefüllt mit Bodennebel, der aussah wie ein See aus Watte. Das obere Drittel der Weinberge zur linken war vom Schnee weiß gepudert. Begleitet von einer schmalen Mondsichel und einem hellen Stern – war das die Venus? - tauchte die Sonne die Landschaft in ein milchig-weißes Licht. Ein paar hochstehende Wölkchen leuchteten violett.

Wenn Michael vor langer Zeit in seinen Studententagen den Sonnenaufgang erlebt hatte, dann meistens mit brummendem Schädel und getrübten Blickes auf dem Heimweg von einer Feier. Oder nach einer durchgesoffenen Nacht auf dem Balkon der WG. Manchmal auch Arm in Arm mit einer schönen Frau. Heutzutage ging die Sonne auf, während Michael auf dem Rückweg vom ersten geschäftlichen Termin des Tages war. Zeiten ändern sich.

Der Verkehr wurde dichter, er erreichte die Stadt. Während er sich im Schritttempo durch den morgendlichen Berufsverkehr quälte, kreisten seine Gedanken um das furchtbare Meeting von gerade eben und dessen gruselige Vorgeschichte.

Es hatte begonnen, als der neue Einkaufsleiter vor ein paar Monaten die Abteilung übernommen hatte. Wie in Managerkreisen nicht unüblich war der Vorgänger plötzlich von einem Tag auf den anderen verschwunden, und ein neuer Chef betrat die Bühne: Herr Groß.

Herr Groß war der Prototyp des Jungdynamikers: Ein Marathon laufender, durchtrainierter Enddreißiger, stets in weißem Hemd und Krawatte. Über eins neunzig groß, Bürstenhaarschnitt, stahlblaue Kontaktlinsen. Einziger Schönheitsfehler: Die Kastratenstimme. Kurz nach Übernahme der Amtsgeschäfte hatte ihn ein Kollege nach Feierabend aus dringendem Anlass zu Hause angerufen. Als er sich am Telefon gemeldet hatte war die Antwort des ahnungslosen Kollegen: „Hallo, kann ich mal den Papa sprechen?" Der besagte Kollege war zwischenzeitlich aus dem Unternehmen ausgeschieden.

Wie üblich hatte Herr Groß gewisse Zielvorgaben, anhand deren Erfüllungsgrad sich sein Managerbonus orientierte. Klassische Zielvorgabe eines Einkaufsleiters: Preisreduzierung. Nahe liegende Vorgehensweise zur Zielerreichung: Konzentration auf den Haupt-Lieferanten. Schritt eins: Forderung von Preisreduzierungen. Falls erfolglos, Übergang zu Schritt zwei: Lieferantenwechsel, gegebenenfalls in Verbindung mit der Verlagerung ins billigere Ausland.

Bereits eine Stunde nach seinem Eintritt ins Unternehmen hatte Herr Groß den Haupt-Lieferanten identifiziert: Die Gießerei Weisschuh, langjähriger Lieferant für alle Pumpengehäuse. Die Teile wurden dort unter frühindustriellen Bedingungen aus über tausend Grad heißem Metall weitgehend in Handarbeit gegossen, ein übler Knochenjob.

Wie ärgerlich, dass Herr Groß' Vorgänger noch wenige Tage vor seinem Ausscheiden einen Mehrjahresvertrag mit der Firma Weisschuh unterzeichnet hatte, in welchem diese im Gegenzug für preisliche Zugeständnisse als alleiniger Lieferant aller Pumpengehäuse für die nächsten drei Jahre festgeschrieben war.

Verantwortlicher Einkäufer für Pumpengehäuse war – Michael. Weshalb ihm ab sofort die zweifelhafte Ehre täglicher Audienzen bei Herrn Groß zuteil geworden war. Zunächst war sein Verhältnis zu Herrn Groß durchaus positiv gewesen: Michael hatte sich überzeugend als alter Haudegen und Kenner der weltweiten Gießereibranche präsentiert.

Auf die Forderung nach weiteren Preisreduzierungen war Weisschuh wie erwartet nicht eingegangen: Nach monatelangen Verhandlungen des Mehrjahresvertrages hätte man hierfür kein Verständnis.

Herr Groß erließ folgende Anweisungen: Zum einen die Suche nach einer neuen Gießerei in einem Billiglohnland. Zum anderen die Identifikation von Möglichkeiten zum Ausstieg aus dem Vertrag mit Weisschuh. Bei letzterem wäre Kreativität gefragt, so Herr Groß, der Zweck heiligte die Mittel.

Michael war davon ausgegangen, dass Herr Groß lediglich ein Droh-Szenario aufbauen wollte, um Weisschuh doch noch den einen oder anderen Cent aus der Tasche zu luchsen. Wie konnte er sich nur so täuschen.

Gemeinsam hatten sie mit krimineller Energie ein paar Fiesheiten ausgebrütet, um aus dem Vertrag herauszukommen:

Erstens: Formale Fehler.

Wochenlang hatten sie sich gemeinsam durch Aktenschränke voller verstaubter Unterlagen, technischer Zeichnungen und einschläfernder DIN-Normen gequält, immer auf der Suche nach Formalitäten und Anforderungen, die Weisschuh nicht einhielt. Sie waren fündig geworden. Ab sofort wurde jede Lieferung reklamiert und postwendend zurückgeschickt.

Zweitens: Das Kleingedruckte.

Beim Studium des Vertrages waren sie auf einen Pasus gestoßen, laut welchem Weisschuh auf steigende Bedarfsmengen innerhalb weniger Tage mit erhöhten Liefermengen reagieren musste. Der Hintergedanke davon war eine gewisse Flexibilität bei einzelnen Artikeln, nicht jedoch beim gesamten Lieferprogramm: Kurzfristig die gesamte Produktionsmenge zu erhöhen wäre technisch gar nicht machbar. Nur leider war das im Vertrag nicht eindeutig formuliert.

Sie hatten also die Bestellmengen aller Artikel verdoppelt. Da Weisschuh zusätzlich noch die reklamierten Teile nachproduzieren musste, war er somit hoffnungslos in Lieferverzug geraten. Sie hatten einen findigen Anwalt damit beauftragt, möglichst hohe Verzugskosten und ähnliches geltend zu machen.

Drittens: mit Vollgas gegen die Wand.

Weisschuh hatte nun zusätzliche Maschinen kaufen und weitere Mitarbeiter einstellen müssen, um all die zusätzlichen Teile produzieren zu können. Dadurch – und durch die hohen Verzugskosten – war seine Liquidität am seidenen Faden gehangen.

Zwischenzeitlich war die erste Lieferung vom neuen Lieferanten eingetroffen und – mit zwei zugedrückten Augen - für gut befunden worden.

Sie hatten nun über Nacht alle offenen Aufträge bei Weisschuh storniert. Wenige Tage später war das Insolvenzverfahren eröffnet worden - gemäß Vertrag ein Grund zur fristlosen Kündigung.

Viel zu spät hatte Michael realisiert, dass all diese Überlegungen für Herrn Groß keineswegs nur lustige Gedankenspiele waren wie für ihn, sondern bitterer Ernst. Als er endlich erkannt hatte, dass Herr Groß – wohlgemerkt Michaels Ideen – eins zu eins umsetzte, war es für Weisschuh bereits zu spät gewesen.

Michael hatte den fatalen Fehler gemacht, zu protestieren und darauf hinzuweisen, dass durch die Verlagerung ins Ausland die Kosten unterm Strich steigen und nicht sinken würden, nicht zuletzt wegen der weiten Transportwege. Doch Herr Groß hatte davon nichts hören wollen. Das anfänglich so harmonische Verhältnis war schlagartig ins Gegenteil umgeschlagen. Schlimmer noch: Statt Michael war ab sofort ausgerechnet die Kollegin zur täglichen Audienz gebeten worden, die ihn schon seit vielen Jahren überall angeschwärzt hatte. So war er vom Jäger zum Gejagten geworden.

Heute früh hatte nun die erste und voraussichtlich letzte Besprechung mit dem Insolvenzverwalter und dem dem alten Herrn Weisschuh stattgefunden. Die Veranstaltung war kurz und knackig gewesen: Auf die Frage, in welchem Umfang man künftig mit Weisschuh zusammenarbeiten wollte, war Michaels knappe Antwort gewesen: In gar keinem.

Somit hatte sich ein Großteil des Umsatzes von Weisschuh in Luft aufgelöst, die Liquidation des Unternehmens war beschlossene Sache. Michael hatte sich in Grund und Boden geschämt. Und er war stinksauer gewesen: Warum hatte Herr Groß ihn zu dieser Besprechung vorgeschickt? Hätte er dem alten Weisschuh seinen perfiden Plan nicht wenigstens selbst offenbaren können?

Zweihundert Arbeitsplätze geopfert für den Managerbonus eines einzelnen.

Hm, wirklich? War das tatsächlich der Grund, oder ging es in Wahrheit um etwas ganz anderes? Wer hatte eigentlich diese neue Gießerei in Mexiko ins Spiel gebracht? Michael hatte schon länger so eine unbestimmte Ahnung, dass hier irgend etwas faul war. Nur was? Er würde sich heute Mittag mit Doris darüber unterhalten müssen, vielleicht kamen sie gemeinsam dahinter.

Michael erreichte den Parkplatz vor dem Firmengebäude gerade noch rechtzeitig, um pünktlich zum Vier-Augen-Gespräch mit Herrn Groß zu erscheinen, dem nächsten Termin in seinem Kalender. Michael hatte ein ganz ungutes Gefühl.

***

Die wirtschaftliche Lage des Unternehmens machte personelle Veränderungen leider unumgänglich. Sicher hätte er dafür dank seines Weitblickes absolutes Verständnis. Man würde sehr bedauern, ausgerechnet ihn als einen ganz besonders geschätzten Mitarbeiter zu verlieren. Selbstverständlich würde man keine Kosten und Mühen scheuen, um ihm bei der Suche nach einer neuen Herausforderung behilflich zu sein. Schließlich wollte man ihm gestärkt aus dem Unternehmen helfen. Er sollte die Situation keinesfalls als eine Herabwürdigung seiner Person, sondern vielmehr als einmalige Chance verstehen.

Blablabla.

Fassungslos sah Michael den feisten Personalleiter Adam an. Selbstverständlich hatte Herr Groß auch zu diesem Termin jemand anderes vorgeschickt. Man setzte ihn also nach seiner schier endlosen Betriebszugehörigkeit einfach auf die Straße. All seinem Engagement, allen Überstunden zum Trotz. Er hatte einen dicken Kloß im Hals. Blöde Arschlöcher!

Interessant war dabei die astronomische Höhe der Abfindung, die man ihm im Gegenzug für sein Verschwinden anbot. Hier war doch wirklich etwas faul.

## Aufmunternde Entdeckung

Michael schob die Erinnerungen beiseite. Ein weiterer Seufzer entfuhr seiner Brust. Und jetzt hatte er auch noch seine Frau verloren. Seine über alles geliebte Wiebke. Wie sehr musste er sie durch seine Dummheit verletzt haben. Im Vergleich dazu war der Verlust der Arbeit eigentlich harmlos. Er verspürte das dringende Bedürfnis, mit Doris zu reden. Mit dem einzigen Menschen, der vielleicht Verständnis für ihn hatte. Zumindest für sein Elend mit der verlorenen Arbeit.

Michael holte sein Handy und wählte Doris' Nummer. Der Teilnehmer ist vorübergehend nicht erreichbar. Wie schade. Zu gerne hätte er ihr sein Herz ausgeschüttet. Zwar könnte er sie auf der Arbeit anrufen, doch der Widerwillen gegen den ehemaligen Arbeitgeber war einfach zu groß. Nach einer Weile versuchte er es nochmals auf ihrem Handy – wieder ohne Erfolg.

Wenigstens war schönes Wetter. Endlich wurden die Bäume wieder grün. Alles blühte. Michaels Blick wanderte durch die Gärten hinter dem Haus, über das neue Haus schräg gegenüber – und blieb an dem offenen, bodentiefen Fenster einen Stock höher hängen: Was war das? Ein im Wind schwankender Vorhang gab für einen Moment den Blick frei auf eine nackte Frau. War das eine Fata Morgana, oder hatte er richtig gesehen? Blitzartig kam Michael wieder zu sich, das taube Gefühl der Niedergeschlagenheit wich aus seinen Knochen. Und wieder: eine nackte Frau. Und was für eine. Was für Titten die hatte. Und auch ansonsten nicht schlecht, ganz im Gegenteil: ein richtiges Sahnestückchen. Was machte die da? Blöder Vorhang. Er wartete, bis der Blick wieder für einen kurzen Augenblick frei war. Kaum zu glauben: Die spielte an sich herum! Wie interessant.

Unweigerlich begann sein Pimmel, sich zu regen. Schamgefühl: Eben erst wegen unkontrollierter Triebhaftigkeit die heiß geliebte Frau verloren, und schon beim flüchtigen Anblick einer nackten Frau kehrte diese ewige Geilheit zurück.

## Blaue Seide, reife Pflaume

Sabine war sehr mit sich zufrieden. Alle ihre Vorhaben waren in die Tat umgesetzt: Von der Intensiv-Körperpflege über Friseurbesuch und Klamottenkauf bis hin zum außerehelichen Sex. Bei letzterem hatte sie sogar durch Plan-Übererfüllung geglänzt: Statt wie vorgesehen innerhalb einer Woche einmal fremd zu gehen, hatte sie es innerhalb von 48 Stunden mit zwei verschiedenen Partnern getrieben. Und zwar – absolut verwegen – mit einer Frau und einem Jüngling.

Genüsslich räkelte sie sich noch ein wenig im Bett, bevor sie aufstand, um den neuen Tag zu beginnen. Und zwar mit einem Kaffee und einer Zigarette. Hurenfrühstück. Sie musste grinsen: Durchaus passend zu ihrem neuen Lebenswandel.

Nach dem Frühstück ging sie zurück ins Schlafzimmer. Stolz betrachtete sie sich im Spiegel. Vor ihr stand nun nicht mehr die ungeküsste Ehefrau, sondern ein heiß begehrtes, sexuell umtriebiges Luxusweib. Natürlich nicht mehr im Schlabber-Pyjama, sondern im exquisiten Seiden-Nachthemd. Dunkelblau und verführerisch, bestens zu ihrer neuen Haarfarbe und ihrem Teint passend. Sie zeichnete mit den Fingerspitzen ihre Kurven nach. Am Hüftspeck könnte sie noch ein wenig arbeiten. Sie beschloss, zwecks Kalorienverbrennung auch weiterhin viel Sex zu haben – die einzige angenehme Art des Abnehmens. Wie dämlich wäre es doch, sich mit Fitnessstudio und Diäten zu quälen, wenn es eine so viel bessere Methode gab.

Wäre es nicht angebracht, den Tag gleich mit ein wenig Training zu beginnen? Sie fuhr sich mit der Hand zwischen die Beine und streichelte durch die Seide hindurch mit der Fingerspitze sanft ihre Pflaume. Schnell wurde ein dunkler Fleck auf dem glänzenden Stoff sichtbar. Sabine strich die Träger ihres Nachthemds über ihre Schultern und ließ es zu Boden gleiten. Ihre Hand streichelte weiter, nun durch nichts mehr von der sensiblen Haut Ihrer Pflaume getrennt. Sabine stellte fest, dass es an der Zeit wäre, ihre Rasur zu wiederholen. Sie wollte schließlich nicht dafür verantwortlich sein, dass der nächste, der sie oral beglücken würde – wer auch immer das sein mochte – von ihren Stoppeln wunde Lippen bekäme. Sabine musste an die Nacht mit Nadine denken, und an deren Zungenzauberei. Sie intensivierte die Aktivitäten zwischen ihren Schenkeln, nahm die andere Hand zu Hilfe. Es war schon wundervoll gewesen mit Nadine, einzigartig, unvergesslich. Auch das Schäferstündchen mit dem jungen Mann war wunderschön gewesen. Doch irgendetwas hatte bei beiden Erlebnissen gefehlt. Sabine kamen ihre feuchten Träume in den Sinn. Die Erinnerung daran ließ ihren Saft fließen. Sie hatte schon öfter solche Träume gehabt. Träume, in denen sie beherrscht wurde. Träume, in denen sie benutzt wurde. In denen sie Männern dargeboten war, häufig mehreren, manchmal auch Frauen, entblößt und wehrlos. Schmatzende Geräusche zwischen ihren Schenkeln.

Sabine schloss die Augen. Sie sah sich nackt auf einem Altar liegend, mehrere Männer um sie herum. Der

Initiationsritus. Alle hatten harte Schwänze, die aus ihren schwarzen Umhängen hervor standen. Zwei Schwänze drängten in ihren Mund. Sie leckte und lutschte daran. Ein Mann stand zwischen ihren Beinen und drang in sie ein. Die anderen Männer wichsten ihre Schwänze, einer nach dem anderen spritzte auf ihren nackten Körper.

Sabine kam mit einem lauten Seufzer. Als sie nach ein paar tiefen Atemzügen wieder zu sich kam betrachtete sie ihr Gesicht im Spiegel. Ihre sinnlichen Lippen waren noch voller und röter als sonst. Ihre Augen glänzten. Ein paar kleine Schweißperlen standen auf ihrer Stirn.

Ein Windhauch streichelte ihre nackte Haut. Der Vorhang bewegte sich im Wind, der durch das offene Fenster herein blies. Was war das? Sabine erschrak: Jemand saß am gegenüberliegenden Fenster und schaute zu ihr herüber. Sie wurde blass. Hatte er sie die ganze Zeit beobachtet? Sie ging einen Schritt aufs Fenster zu, um besser sehen zu können. Sie verfluchte innerlich die bodentiefen Fenster in diesen neuen Wohnanlagen. Tatsächlich! Gegenüber saß der Nachbar am Fenster und schaute sie an. Doch er war ganz nackt. Und wenn sie richtig sah hat er einen Ständer. Und was für einen! Spinnt der? Sie ging zum Fenster und bedeckte ihren nackten Körper mit dem Vorhang, nur ihr Gesicht war frei. Er winkte. Gibt's das? Jetzt prostete er ihr mit der Kaffeetasse zu und trank. Dann stand er auf und ging weg. Sein üppiger Schwanz wippte im Rhythmus seiner Schritte. Was für ein prächtiger Pfahl.

Verrückt. Vielleicht sollte sie doch etwas vorsichtiger sein und ihre neu entdeckte Leidenschaft nicht gar so zügellos ausleben. Sie stellte sich unter die Dusche. Kurze Zeit später klingelte es an der Tür. Mist, wer konnte das sein? Doch nicht etwa der Spanner von gegenüber? Sabine trocknete sich schnell ab, griff ihren Morgenmantel und ging zur Tür. Tatsächlich: Ein Blick durch den Türspion zeigte den sauberen Nachbarn. Sabine schüttelte den Kopf. Gibt's doch gar nicht. Sie beschloss, trotzdem zu öffnen.

**Der saubere Nachbar**

„Guten Morgen!" Er grinste sie fröhlich an. „Haben Sie Lust, zu frühstücken?" Er hob die rechte Hand und zeigte ihr eine Tüte Brötchen. Der frische Duft stieg ihr verführerisch in die Nase. Sie hatte Hunger. Nach einem kurzen Zögern ließ sie ihn ein. „Kommen Sie." Sie ging voraus in Richtung Küche.

Sabines Morgenmantel gehörte wie das blaue Nachthemd zu ihren jüngsten Erwerbungen. Selbstverständlich hatte sie ihn nicht nach praktischen Gesichtspunkten ausgewählt. Einzig die Optik war bei der Kaufentscheidung im Vordergrund gestanden. Abgesehen von der weißen Farbe hatte er wenig bis keine Gemeinsamkeiten mit handelsüblichen Frottee-Morgenmänteln. Der Stoff: hauchdünne Baumwolle. Der Schnitt: figurbetont wäre untertrieben. Er endete nur knapp unterhalb ihres Hinterteils und ließ den Blick auf ihre nackten Beine frei. Michael betrachtete Sabines Rückansicht mit großen Augen, wie sie mit einem unauffälligen Seitenblick in den Garderobenspiegel feststellte. Sabine konnte seine Blicke auf ihrem Po förmlich fühlen. Sie gab sich Mühe, die Hüften besonders verführerisch zu wiegen, schließlich sollte sich die Investition in das neue Kleidungsstück auch bezahlt machen.

Ob sie diesen Mann verführen sollte? Einerseits ja: Er gefiel ihr. Er war ihr schon seit längerer Zeit sympathisch, einer der wenigen Nachbarn, die sie ganz gut leiden konnte. Andererseits: wäre das nicht zu gewagt? Würde am Ende das ganze Haus von ihrer Affäre Wind bekommen – und somit früher oder später auch ihr Mann? Und wo sollten sie sich treffen? Soweit sie sich erinnerte lebte er ebenfalls in einer Beziehung.

Würde er sich überhaupt auf eine Affäre mit ihr einlassen? Na, sein Besuch so kurz nach ihrer unfreiwilligen Zurschaustellung sprach Bände. Er war wohl kaum hier, um sich ihre Briefmarkensammlung zeigen zu lassen. Auf jeden Fall war er einem sexuellen Abenteuer nicht abgeneigt, soviel stand fest. Die große Frage war jedoch, ob er ausgerechnet sie dafür in Betracht ziehen könnte – nachdem er ihren halbnackten Körper auch aus nächster Nähe gesehen hatte, nicht nur aus der Ferne und durch den Vorhang hindurch. Sabine erinnerte sich an die Frau des Nachbarn: Groß, schlank, hübsch, gepflegt. Hatte sie da überhaupt eine Chance?

Sie bedeutete Michael, sich zu setzen und machte sich an der Kaffeemaschine zu schaffen. Instinktiv machte sie ein Hohlkreuz, während sie sich vornüber beugte, um ihren Hintern besser zur Geltung zu bringen. Dann holte sie ein paar Sachen aus dem Kühlschrank: Marmelade, Käse, Milch, Saft. Dann noch Tassen, Teller, Besteck, fertig.

Beide schwiegen. Sie wussten nicht so recht, was sie sagen sollten. Sabine musste grinsen. „Frühstücken Sie immer nackt?" Mist, ihr loses Mundwerk hatte gleich ausgesprochen, was sie gedacht hatte. Hätte sie nicht fragen können, ob er den Kaffee mit Milch oder Zucker möchte? „Nur, wenn ich dabei den Nachbarn bei der

Morgengymnastik zusehe." Er grinste. Aua, das hatte gesessen: Der Finger in der Wunde ihrer Peinlichkeit. Allerdings: keine wirklich anstößige oder obszöne Bemerkung. Sehr sympathisch, wie Sabine fand. Überhaupt fand sie Gefallen an ihrem Gast. Er war groß und schlank. Kein Bierbauch, volles Haupthaar. Die letzteren beiden Merkmale sind bei Männern jenseits der Dreißig gar nicht so häufig zu finden. Wie alt er wohl sein mochte? Schwer zu sagen: Vielleicht in ihrem Alter. Sollte sie fragen? Lieber nicht, sonst müsste sie womöglich im Gegenzug ihr eigenes Alter preisgeben. Kürzlich Vierzig geworden. Der Gedanke daran war wie ein Stich in der Magengrube.

Der Kaffee war durchgelaufen, sie schenkte ein. „Milch, Zucker?" – „Nur Zucker." Sie stellte die Zuckerdose auf den Tisch und reichte ihm einen Kaffeelöffel. Als er danach griff berührten sich ihre Hände. Es fühlte sich gut an. Sabine hatte mal gelesen, dass Frauen einen potentiellen Sexualpartner immer erst berühren müssen, um eine Entscheidung darüber treffen zu können, ob er für sie in Frage kommt oder nicht. Sie betrachtete seine Hände: feingliedrig wie die eines Klavierspielers, dabei jedoch auch durchaus kräftig. Sie beschloss, dass sie es sich durchaus vorstellen könnte, von diesen Händen berührt zu werden. Sie schenkte sich auch einen Kaffee ein. Lächelnd nahm sie ihm gegenüber Platz. Sie trank einen Schluck dampfenden Kaffee und beobachtete über die Tasse hinweg, wie ihr Gast seinen Blick offenbar nicht von ihren Brüsten lassen konnte. Der Morgenmantel erfüllte also seinen Zweck. Er gewährte einen sehr tiefen Einblick, fast bis zu ihrem Bauchnabel. Das Tal zwischen ihren Brüsten war deutlich zu sehen. Sabine genoss das Gefühl, sexuell anziehend gefunden zu werden. Wie viele Jahre war sie in dieser Hinsicht von ihrem Ehemann völlig ignoriert worden! Ihr Ehemann: mal wieder auf Dienstreise. Die Arbeit wichtiger als die Frau. Was ihr Gast wohl beruflich machte? Müsste er zu dieser Uhrzeit nicht eigentlich arbeiten?

„Was machen Sie beruflich?" Sabine sah, wie seine Mundwinkel nach unten sanken. Auch sein Oberkörper sackte zusammen. Sein Blick, der eben noch voller Lüsternheit auf ihrem Dekolleté geruht hatte, wanderte nun ziellos im Raum umher. Das war wohl die falsche Frage gewesen.

Schließlich lächelte er ein wenig gequält. „Wissen Sie, ich könnte Ihnen jetzt eine Story von wegen Orientierungsphase oder Sabbatical erzählen. Fakt ist: ich bin seit kurzem arbeitslos. Man hat mich gefeuert."

Sabine war verblüfft von seiner Offenheit. In der Tat würden die meisten anderen Menschen in dieser Situation mit beschönigenden Sprüchen oder gar mit Ammenmärchen reagieren. Insbesondere Männer. Sie fand seine Ehrlichkeit sympathisch. Außerdem freute sie sich darüber, dass er sie so schnell ins Vertrauen gezogen hatte. War das vielleicht ein Beweis dafür, dass er sie mochte? Andererseits: Warum sollte er ihr gegenüber auch hinter dem Berg halten: War sie nicht die Frau, die er beim Masturbieren ertappt hatte? Und die ihn ebenfalls nackt und mit einem Ständer am Frühstückstisch gesehen hatte?

„Und wissen Sie was: es sieht ganz danach aus, als hätte mich meine Frau auch verlassen." Das Lächeln war aus seinem Gesicht verschwunden und hatte einer verzweifelten Mine Platz gemacht.

Oh, nein: fing er jetzt an, seine Probleme vor ihr auszubreiten, ihr seine Lebensgeschichte zu erzählen? Sabine kannte diese Art Männer: wie oft hatte man sie schon als Kummerkasten benutzt! Was für eine Unverschämtheit: Sie präsentierte sich ihm halb nackt und er hatte nichts besseres zu tun, als ihr die Ohren vollzuheulen!

In diesem Moment atmete er tief ein und seine Schultern strafften sich. Er setzte eine freundliche, interessierte Mine auf. Es wirkte fast ein wenig affektiert, wie dabei die Hand ans Kinn legte. „Und was machen sie beruflich?"

Ups: hatte sie sich ihre Befürchtungen etwa zu sehr anmerken lassen? Wie peinlich! Warum war sie nur immer so durchschaubar! Nervös plapperte sie darauf los, erzählte von ihrem Job als Architektin, von dem kleinen Ingenieurbüro, und dass sie zur Zeit nur tageweise arbeitete. Dann empfand sie eine spontane Übermütigkeit: „An den anderen Tagen mache ich Morgengymnastik." Sie brachen beide in schallendes Gelächter aus.

Das Eis war gebrochen. Hungrig machten sie sich über ihr Frühstück her. Nach einer Weile bekam Sabine schon wieder einen Anfall von Übermut. Unauffällig tastete sie unter dem Tisch mit dem nackten Fuß nach seinen Beinen. Sie wurde fündig und wanderte mit dem Fuß unter sein linkes Hosenbein. Er erschrak sichtlich, ihm fiel fast das Brötchen aus der Hand.

Sabine beobachtete amüsiert sein Gesicht. Zuerst der Schreck: er zuckte zurück, zwei tiefe Falten erschienen zwischen seinen Augenbrauen, die sich an den Innenseiten nach oben bogen. Dann die Erkenntnis: Die beiden Falten verschwanden, die Augen wurden groß, der Mund öffnete sich leicht. Und nun die Freude: ein breites Grinsen, die Augen glänzten, und irgendwie sah er plötzlich um Jahre jünger aus.

Sabine gefiel dieses Gesicht. Sehr sogar. Möglicherweise zu sehr. Ihr wurde heiß.

Als Michael plötzlich sein Bein bewegte, zog Sabine ihren Fuß erschrocken zurück. Er erhob sich, fixierte dabei ihren Blick. Er ging langsam um den Tisch herum, bis er genau hinter ihr stand. Sabine hatte Herzklopfen, nervös senkte sie den Blick. Erschrocken sah sie, wie weit die von ihren nassen Haaren feuchten Säume des Morgenmantels auseinander klafften.

Sie fühlte seine Hände auf ihren Schultern. Reflexartig atmete sie ein, mit einem zischenden Geräusch strömte die Luft zwischen ihren Zähnen hindurch in ihren Mund. Seine Hände wanderten unter den Säumen des Morgenmantels langsam an der Vorderseite ihres Körpers nach unten. Sie hinterließen dabei eine Spur aus Feuer auf ihrer Haut. Sabine lehnte sich nach hinten, schmiegte ihre Schultern und ihren Kopf an seinen Oberkörper. Seufzend atmete sie aus.

Seine Hände erreichten ihre Brüste. Sabine schloss die Augen. Sie konnte sich nicht daran erinnern, jemals eine Berührung ihrer Brüste so genossen zu haben. Es fühlte sich an wie eine stumme Liebeserklärung. Minutenlang streichelte er sie. Sabine schmolz dahin.

Das Telefon klingelte. Sabine hatte das Gefühl, dass es wichtig sein könnte. Die Arbeit vermutlich. Ein Projekt, das kurz vor dem Abschluss stand. Doch sie konnte sich nicht bewegen. Zu schön war es unter den Händen dieses Mannes. Duldungsstarre nennt man das bei Schweinen, wie sie unlängst einer Fernsehreportage entnommen hatte. Der Anrufbeantworter ging ran. Die Stimme ihres Chefs. Sabine seufzte.

Widerwillig stand sie auf und machte sich auf den Weg Richtung Telefon. Im Vorbeigehen warf sie Michael einen sehnsüchtigen Blick zu. „Tut mir leid" hauchte sie und streichelte kurz seine Wange.

Nach ein paar Minuten kam sie zurück in die Küche. „Schade, schade. Ich muss leider los. Das war mein Chef. Ein Kunde möchte kurz vor knapp noch sein Badezimmer umplanen, zum dritten Mal." Sabine ging langsam auf Michael zu, bis ihre Brustspitzen seinen Oberkörper berührten. Sie schauten sich in die Augen. Ihre Lippen fanden zueinander, Sabine bekam weiche Knie. Was folgte war ein langer, intensiver Kuss, wie in einem Hollywoodfilm. Sabine hatte die Augen geschlossen und schmiegte sich an den Körper dieses wundervollen Mannes.

Für einen kurzen Moment fühlte sich Sabine in eine andere Zeit zurückversetzt. Sie war wieder fünfzehn, der erste Kuss. Woran lag das? Sicher hatte sie im dazwischen liegenden Vierteljahrhundert – oh Gott, war sie alt – viele tausend Küsse erlebt. Doch um ehrlich zu sein: die wenigsten davon war so voller intensiver Gefühle wie dieser. Gieriges Saugen und Schlecken mit wechselnden Partnern während ihrer Studentenzeit: triebbefriedigend, jedoch arm an Emotionen. Die mechanischen Gewohnheitsküsse ihrer Ehe: sozialer Kitt im Zusammenleben von Menschen, ähnlich dem „Mahlzeit"-Sagen in Industriebetrieben, einer Pflichtübung gleich. Das Geknutsche mit Nadine: exotisch, ungeheuer aufregend, jedoch nicht wirklich von Herzen kommend. Und schlussendlich die holprigen Zungenübungen mit ihrem jungen Lover Kai: für ihn erste amouröse Gehversuche, für sie letztlich doch nur Ego-Politur. Doch das hier…

Nach einer halben Ewigkeit löste sich Sabine aus Michaels Umarmung. „Ich, ich muss los" stotterte sie atemlos. Sie war völlig aufgewühlt, musste sich kurz am Tisch abstützen, um nicht das Gleichgewicht zu verlieren. Es war ungeheuerlich.

Sie ging voraus zur Tür. „Sie können ja zur Entspannung gleich ein wenig Morgengymnastik machen" rief sie ihm über die Schulter zu. Nach einem letzten funkelnden Blick in ihre Augen verließ Michael die Wohnung. Sabine schloss die Tür und lehnte sich mit dem Rücken dagegen. Mit einem lang gezogenen Seufzer atmete sie aus. Sie war völlig durch den Wind.

**Aufkeimende Hoffnung**

Mit klopfendem Herzen verließ Michael Sabines Wohnung und betrat die Straße. Warme Sonnenstrahlen und Vogelgezwitscher empfingen ihn. Er war bester Laune. Vergessen war die Niedergeschlagenheit des heutigen Morgens. Was doch der Kuss einer schönen Frau alles bewirken konnte! Und sie war wirklich schön, wie er fand. Wunderschön. Ihre Figur entsprach zwar nicht dem gängigen, von Schlankheitswahn geprägten Schönheitsideal, doch das störte Michael in keinster Weise, ganz im Gegenteil: ihre Kurven waren atemberaubend!

Schlanke Superfrauen mit Modelmaßen waren schließlich allgegenwärtig: Mit ihrem aufdringlichen Lächeln starrten sie von jeder Plakatwand, jeder Litfaßsäule herunter. Vor allem die Fernsehwerbung war voll von ihnen. Gerade die Schlankheitspropaganda im Fernsehen war ein Faszinosum für Michael: Millionen Frauen, vom täglichen Arbeits-Einerlei erschöpft und somit weitgehend wehrlos gegen Manipulation, wurden mittels zweitklassiger Vorabend-Serien vor die Mattscheibe gelockt. In überlangen Werbepausen wurden sie dann abwechselnd zum Genuss von Süßigkeiten und zum Konsum diverser Light- und Abnehmprodukte animiert. Ein milliardenschwerer Raubzug durch die Geldbeutel der Frauen. Einerseits ein unfassbarer Skandal. Andererseits: Ohne diese Milliarden würden ganze Wirtschaftszweige weg brechen, was womöglich große

Teile der Welt in den ökonomischen Abgrund katapultieren würde, wie Michael befürchtete.

Michael hatte immer noch das beeindruckende Dekolleté der Nachbarin vor Augen. Eine Provokation. Fleisch gewordene Macht über sein Unterbewusstsein, seine Triebe, seine Gedanken. Was für eine Ungerechtigkeit der Natur, die Frau mit so viel Macht über den Mann auszustatten!

Er hatte das Gefühl, dass er ihre Brüste auf jede erdenkliche Weise genießen könnte, so viel und so lange er wollte: er würde nie genug von ihnen bekommen können. Und das lag eigentlich gar nicht so sehr daran, dass die Brüste dieser Frau so außergewöhnlich wären – nein:

Einerseits hatte jede Frau diese Macht über Männer. Zumindest, wenn sie sich dieser bewusst war und die Wirkung ihres Körpers – und damit waren natürlich nicht nur die Brüste gemeint - auf Männer einzusetzen wusste. So wie Wiebke zum Beispiel, sie war eine Meisterin in diesem Spiel, eine Göttin.

Andererseits: dass die beiden Prachtstücke der Nachbarin Michael so verrückt gemacht hatten lag vielleicht nicht zuletzt daran, dass Wiebke ihm so lange den Zugang zu ihren Brüsten verwehrt hatte – in dieser Hinsicht hatte er wohl schlicht und einfach Nachholbedarf.

Michaels Handy vibrierte, eine Nachricht. Von Wiebke! „Bin ein paar Tage bei meiner Mutter. Schäm dich!

Meine Rache wird furchtbar für dich sein…" Michael blieb stehen. Mit weit aufgerissenen Augen starrte er auf das Display. Erst schüttelte er leicht den Kopf, dann machte sich ein strahlendes Lächeln auf seinem Gesicht breit. Sie hatte ihm geschrieben! Sie war noch da, noch Teil seines Lebens. Dass es eine Rache geben würde bedeutete doch, dass er sie wiedersehen würde. Sie war also gar nicht weg. Wie sehr er sich auf diese Rache freute, und mochte sie auch noch so grausam sein!

Er antwortete „Es tut mir so leid, ich schäme mich! Ich tue alles, um es wieder gut zu machen, was auch immer du verlangst: wenn du willst, lecke ich es auch vom Küchenboden auf, du weißt schon…" – „So leicht wirst du dieses Mal nicht davonkommen, du Wurm!" Michael wählt ihre Nummer. Sie ging nicht ran. Stattdessen noch eine Nachricht: „Meiner Mutter geht es nicht so gut. Melde mich in ein paar Tagen. Bleib anständig, mein Lieber. Oder versuch es wenigstens. Bis die Tage W."

Was für eine Erleichterung! Strahlend betrat Michael die Wohnung. Ihm wurde mal wieder schlagartig bewusst, wie sehr er doch an seiner Wiebke hing. Ein Leben ohne sie konnte er sich einfach nicht vorstellen, willige Ex-Kolleginnen und rattenscharfe Nachbarinnen hin oder her. Auf dem Weg ins Bad kam Michael zufällig am Wäschekorb vorbei. Ein getragener Slip seiner geliebten Wiebke lag verführerisch oben auf. Hatte sie den absichtlich so demonstrativ hingelegt? Um ihn zu provozieren? Michel nahm ihn aus dem Korb und roch daran. Wiebkes Duft. Sofort bekam er eine Erektion. Er zog sein Handy aus der Tasche, drückt auf „Antworten" und schrieb: „Versuch, anständig zu bleiben kläglich

117

gescheitert. Habe getragenen Slip entdeckt. Duft raubt mir den Verstand." – „Welcher Verstand, du geiler Bock. Wage es nicht, auch noch meine Wäsche zu beschmutzen. Denk an die Rache, mach es nicht noch schlimmer." Michael liebte es, den ungezogenen Lümmel zu spielen. Er öffnete die Hose, umwickelte seinen Ständer mit dem getragenen Slip und begann zu wichsen. Mit der freien Hand schrieb er: „Bestraf' mich doch!" – „Du wirst nackt auf dem Boden vor mir kriechen und um Gnade winseln!" – „Erlaubst du mir, deine Stiefelabsätze zu lecken?" – „Du hast gefälligst etwas anderes zu lecken, Sklave!" War das geil. Michael wichste hastig weiter. Nachdem er seine geliebte Wiebke schon verloren geglaubt hatte war es für ihn wie telefonischer Versöhnungssex. Schon nach kurzer Zeit kam er, durchflutet von seelischen und körperlichen Glücksgefühlen. „Ich habe in deinen Slip gespritzt, Herrin!" – „Du weißt, was das bedeutet, du Ferkel!" – „Wiebke, ich liebe dich!" – „Ich weiß. Muss jetzt nach meiner Mutter sehen. Wir sprechen uns noch..." Michael legte den voll gespritzten Slip auf Wiebkes Kopfkissen, legte sich selbst daneben und fiel glücklich in einen traumlosen Schlaf.

**Die Verabredung**

Gegen Abend klingelte es an der Tür. Michael öffnete. Es war die scharfe Nachbarin. „Hallo, darf ich rein kommen?" – „Na klar! Und, haben Sie Feierabend?" – „Ja, endlich." Michael schloss die Tür hinter ihr. Sie standen sich im Flur gegenüber, Sabine lächelte verlegen. Sie zupfte nervös am Saum ihres Oberteils herum, holte Luft, wie um etwas zu sagen, senkte jedoch stumm den Blick zu Boden.

Michael wusste auch nicht, was er sagen oder tun sollte. Es war so anders als bei ihrer ersten Begegnung heute Vormittag: Zum einen gab es jetzt wieder Hoffnung auf die Rückkehr seiner Wiebke, vom moralischen Standpunkt aus betrachtet hatte sich die Situation also grundlegend geändert. Darüber hinaus trug die Nachbarin jetzt dezente Alltagskleidung statt des verboten scharfen Morgenmantels.

Andererseits: diese Frau war so was von heiß! Michael erinnerte sich an den elektrisierenden Anblick, wie sie nackt vor dem offenen Fenster Hand an sich gelegt hatte. Er konnte förmlich fühlen, wie ihr Fuß beim Frühstück unter sein Hosenbein gewandert war. Und er erinnerte sich daran, wie gut ihre Nähe getan hatte, als es ihm heute Vormittag so schlecht gegangen war. Oder hatte er das alles nur geträumt?

Er ging einen halben Schritt auf sie zu. Sie hob den Blick und sah ihm in die Augen. Das erinnerte Michael an seine Klassenkameradinnen, die in der achten Klasse mit überschminkten Wimpern den perfekten Augenaufschlag geübt hatten. Er musste schmunzeln.

Sie senkte den Blick wieder zu Boden und fragte mit unsicherer Stimme: „Möchten Sie heute Abend mit mir ausgehen?"

„Gerne! Nichts lieber als das!" antwortete er. Ups: Hatte er jetzt zu euphorisch geklungen, zu vorschnell „ja" gesagt? Lief ihm am Ende gar der Sabber aus dem Mund vor lauter Vorfreude? Sein Herz machte aber auch Purzelbäume bei dem Gedanken daran, mit dieser heißen Frau den Abend verbringen zu dürfen!

Sie lächelte ihn an und sagte mit einem verführerischen Unterton. „Schön, ich freue mich. Ich gehe noch kurz nach Hause und mache mich ein wenig frisch, danach hole ich sie ab. Passt es Ihnen in einer Stunde?"

Michael fand es einerseits befremdend, dass er mit der Frau, deren Brüste er schon begrapscht hatte, nach wie vor per Sie war. Andererseits turnte ihn das irgendwie ganz schön an.

„Klar. Das wird bestimmt ein toller Abend!" - „Mit Sicherheit. Bis dann, ciao!" Zum Abschied strich sie ihm mit den Fingerspitzen kurz über die Wange und deutete mit ihren Lippen einen Kuss an. Michael streckte die Hand aus, um sie ebenfalls zu streicheln, doch sie war bereits durch die Tür entschwunden.

**Biergartenromantik**

Knapp zwei Stunden später klingelte Sabine an Michaels Tür. Sie war mächtig aufgeregt: Würde sie ihm gefallen? Auf jeden Fall hatte sie sich richtig Mühe gegeben: Sie war ganz in schwarz gekleidet. Ihre Füße steckten in hohen Plateauschuhen, wie man sie aus den Siebzigern kannte. Dadurch war sie nun deutlich größer als normalerweise, sie würde ihm also auf Augenhöhe begegnen. Doch nicht nur auf ihre Größe hatten die Schuhe einen positiven Einfluss, wie sie eben vor dem Spiegel mit großer Freude festgestellt hatte: Die Form ihrer Beine war eine ganz andere, ihre Waden waren richtig zum Anbeißen. Überhaupt wirkten ihre Beine endlos lang, was sicherlich auch an den dunklen Nylons mit Netzmotiv und nicht zuletzt an dem verboten kurzen Lederrock lag. Sie hatte sich für eines der verwegeneren Oberteile entschieden: Zwar hochgeschlossen und langärmlig, jedoch weitgehend durchsichtig. Arme, Schultern und Dekolleté waren teils von Spitze, teils von Nylon bedeckt. Ihr Gesicht war raffiniert geschminkt und eingerahmt von einer Frisur, die ihrer ovalen Gesichtsform schmeichelte. Alles in allem fühlte sie sich wie die Mensch gewordene Versuchung. Die dunkle Seite der Lust, der Teufel in Frauengestalt. Wenn es ihr gelingen würde, einen Mann zu verführen, dann in diesem Outfit.

Er öffnete – und war ganz offensichtlich beeindruckt: Sein Blick wanderte mehrmals von oben bis unten über ihre Gestalt. Nachdem er sich einigermaßen gefangen hatte, bat er sie herein. Selbstzufrieden schritt sie an ihm vorbei in die Wohnung. Die zwei anstrengenden Stunden vor dem Spiegel hatten sich also gelohnt.

Schon heute Vormittag hatte sie beschlossen, ihn nach Möglichkeit noch ein wenig zappeln zu lassen. Genau genommen war sie gar nicht böse darüber gewesen, dass ihr Chef sie so unwirsch unterbrochen hatte. Schließlich wollte sie – zumindest in diesem Fall – keine leichte Beute sein. Bevor sie sich diesem Mann ganz hingab, wollte sie sein Begehren und seine Lust auf sie so weit steigern wie irgend möglich. Sie hatte nämlich das Gefühl, dass ihr dieser Mann wichtig sein könnte. Von ihm nach einem One Night Stand links liegen gelassen zu werden könnte sehr schmerzhaft für sie sein, wie sie befürchtete. Er hatte etwas, das sie in ihrem Innersten ansprach. Sie konnte nicht ganz ausschließen, dass sie möglicherweise sogar in ihn verknallt war. Oder war es doch nur das angenehme Gefühl, es mit einem Gleichgesinnten zu tun zu haben? Mit jemandem, der offenbar genauso wie sie selbst gerade seine Sexualität neu entdeckte? Jemand, dessen Leben sich im Augenblick in einem Umbruch befand, so wie das ihre? Und ja: Ihr Leben befand sich in einem Umbruch: so wie bisher konnte es nicht mehr weitergehen. An einen Ehemann gefesselt zu sein, der sie kaum noch beachtete. Das konnte man sich mit Dreißig leisten, wenn das Leben noch vor einem lag. Mit Vierzig allerdings ging einem angesichts fortschreitenden Alters die nötige Gelassenheit langsam verloren. Schließlich ist das Leben endlich. Deshalb galt es, jetzt zu genießen – wer weiß, was morgen passiert?

„Möchten Sie einen Schluck Sekt, so zum Aufwärmen?" – „Oh, ja. Gute Idee." Michael organisierte zwei Sektgläser und holte einen Piccolo aus dem Kühlschrank. Er machte sich am Verschluss zu schaffen. „Früher als Student bin ich so gut wie nie ausgegangen, ohne vorzuglühen." – „Kommt mir bekannt vor." Sabine lachte. Der Korken knallte. Michael schenkte ein.

„Ich heiße übrigens Sabine." – „Michael." – „Prost, Michael." – „Prost! Auf uns!" Sie tranken. Nur Sekunden später fühlte Sabine die anregende Wirkung des Alkohols.

„Habe ich Ihnen schon gesagt, dass Sie unglaublich scharf aussehen, Sabine?" Sie fand es ungewohnt, beim Vornamen angesprochen und gleichzeitig gesiezt zu werden. Ungewohnt, jedoch nicht unangenehm. Im Gegenteil: In Verbindung mit dem etwas anzüglichen Kompliment rief es ein leichtes Ziehen in ihrem Unterleib hervor. Es war ein Spiel ganz nach ihrem Geschmack. Plötzlich musste sie an ihre nächtlichen Träume denken, an das erregende Gefühl der Nacktheit in der dünnen, weißen Bluse. Sie fühlte, dass sie feucht wurde.

Sie tranken beide aus, blickten sich dabei über die Gläser hinweg in die Augen. Die Luft schien vor erotischer Spannung zu knistern. Michael machte einen Schritt auf sie zu, doch sie wich ihm mit einem Lächeln auf den Lippen aus. „Wollen wir gehen?" Sie blickte demonstrativ in Richtung Tür.

Sie gingen in einen Biergarten in der Nähe. Nach dem langen Winter war es ein Genuss, den Abend im Freien sitzend zu beginnen. Der Biergarten war gut besucht. Sie steuerten einen der wenigen freien Tische im hinteren Bereich an. Bedient wurde nur an den vorderen Tischen, sie mussten sich also selbst etwas holen. Michael fragte, was er ihr mitbringen sollte, eine Halbe vielleicht. „Nein, nein, lassen Sie mal. Ich hol' uns was." Sie stolzierte auf ihren hohen Absätzen durch den Biergarten. Sie konnte beobachten, wie sich einige Köpfe nach ihr umdrehten. Sowohl von Männern als auch von Frauen. Vor allem auf das Interesse der Frauen war Sabine mächtig stolz: Während Männer in ihrer schwanzgesteuerten Art so gut wie jeder halbwegs attraktiven Frau hinterher sahen, widmeten Frauen nur den in ihren Augen wirklich gefährlichen Rivalinnen ihre Aufmerksamkeit.

Kurze Zeit später kam Sabine zurück – mit zwei Maßkrügen in den Händen. „Sie machen wohl keine halben Sachen." – „Wir sind hier nicht zum Spaß. Ich will mich hemmungslos betrinken, und Sie werden mir Gesellschaft leisten." Sie stießen an und nahmen einen kräftigen Schluck. Sabine leckte sich langsam und genüsslich den Schaum von der Oberlippe, und zwar auf eine ganz bewusst laszive Weise. Michael bekam große Augen.

Sabine beschlich eine gewisse Verlegenheit. Was tat sie hier eigentlich? Sie saß bekleidet wie eine Hure mit einem Mann im Biergarten, den sie zwar erst seit wenigen Stunden kannte, mit dem sie jedoch schon wildes Gezüngel und gierige Fummeleien erlebt hatte –

und mit dem sie wohl sehr wahrscheinlich schon bald Sex haben würde. Schlug sie nicht doch zu sehr über die Stränge? War sie nicht zu billig? Sie musste an den ersten Kuss mit ihm denken: Wie gierig sie an seinen Lippen gehangen war, gerade so als würde ihr Leben davon abhängen. Dann fiel ihr ein, wie sehr sie es genossen hatte, als er ihre Brüste gestreichelt hatte. Es hatte sie regelrecht umgehauen. Was für ein Glück, dass ihr Chef angerufen hatte: der Anruf hatte sie im letzten Moment davor bewahrt, sich bäuchlings auf den Küchentisch zu werfen, den Morgenmantel bis zur Taille hoch zu ziehen und Michael mit gespreizten Beinen ihren Hintern entgegen zu strecken. Wie konnte sie nur so enthemmt sein! Hastig trank sie mehrere große Schlucke. Sollte sie den Abend nicht besser beenden? Und sollte sie nicht auch ihren neuen Lebenswandel nochmals überdenken?

Da fiel ihr wieder ein, was letztlich der Auslöser für ihre Verwandlung in ein lüsternes Luder gewesen war: die sexuelle und emotionale Nulldiät einer Ehe, die den Namen Ehe nicht verdiente. Dieses völlige Desinteresse ihres Gatten. So viele lieblose Jahre. Sabines Verlegenheit war wie weggeblasen. Es war eben doch richtig, was sie tat: begehrt zu werden ist ein absolut legitimes Grundbedürfnis, so wichtig wie Essen und Trinken. Und dieser Michael schien sie durchaus zu begehren. Seine Begierde fühlte sich an wie die pralle Sommersonne nach einem endlos langen Winter. Sabine wollte mehr davon. Sie sah Michael tief in die Augen und bemühte sich, ihm ein besonders heißes Lächeln zu schenken. Sie zog eine Augenbraue leicht nach oben, während ihre Zungenspitze weiter über ihre

Oberlippe glitt. Michaels Augen funkelten lüstern. Ja, sie würde ihn verführen. Mit allen verfügbaren Mitteln.

Halblaut sagte sie: „erzählen Sie mir Ihr Erstes Mal." Erstaunlich, wie das „Sie" auf spielerische Weise eine gewisse Distanz schaffte, und somit – in Verbindung mit der nötigen Dosis Alkohol – die natürlichen Hemmschwellen zum Einsturz brachte. Und darüber hinaus war es ziemlich aufregend: Sabine musste schon wieder an ihre erotischen Träume denken, an Träume von fremden Männern. Wahre Begierde setzte für Sabine eine Gewisse Fremdheit wohl voraus.

„Mein erstes Mal? Wollen Sie das wirklich wissen?" – „Ja, absolut." – „Nur, wenn Sie mir auch ihr Erstes Mal verraten." – „Versprochen." – „Aber vorher muss ich mir Mut antrinken." – „Na dann, zum Wohl!"

Michael nahm einen großen Schluck aus dem Maßkrug und begann zu erzählen. „Es war in der WG. Die Geburtstagsparty meines Mitbewohners. Im zweiten Semester. Und ja: ich war ein Spätzünder, wie man so sagt. Allerdings nicht freiwillig. Irgendwie hatte es sich vorher nie ergeben. Mein damaliger WG-Genosse war eher ein Langzeitstudent, partywütig und ein Weiberheld. Es war klar, dass auf seiner Geburtstagsparty der Alkohol in Strömen fließen würde. Er hatte sogar diverse Mixgetränke tagelang vorbereitet. Bowle mit extra viel Zucker gemischt, so dass man den Alkohol nicht mehr schmeckt. Um die Frauen betrunken und willenlos zu machen. Blusenöffner hat er das genannt. Natürlich waren jede Menge weibliche Gäste anwesend. Nicht nur

Studentinnen. Es war richtig was los: Auf den achtzig Quadratmetern haben sich gegen Mitternacht ungefähr hundert Menschen gedrängt. Es war warm, um nicht zu sagen heiß. Man hatte jede Menge Körperkontakt zu Frauen – was mir als ungevögeltem Jüngling natürlich besonders gut gefallen hat. Vor allem der Geruch ist mir noch in Erinnerung: Parfum, Schweiß, Zigarettenrauch. Es wurde viel gesoffen, alle waren breit, mich eingeschlossen. Laute Musik natürlich, Geschrei, Geplapper, Gelächter. Alles in allem eine gelungene Studentenparty. Und dann kam sie."

Sabine kramte in ihrer Handtasche und beförderte Zigaretten und Feuerzeug ans Licht. „Oh, darf ich auch eine haben?" Sie bot ihm eine an und gab ihm Feuer. Nachdenklich sog Michael den Rauch ein.

„Sie hat mich gleich vom ersten Augenblick an fasziniert. Wir hatten kurz Blickkontakt. Da war etwas ungeheuer intensives. Es hat irgendwas in mir verändert. Bis heute. Natürlich habe ich gleich schüchtern zu Boden gesehen. Allerdings nicht lange: Ich konnte nicht anders, musste sie wieder ansehen. Bis sie zurückgeschaut hat und ich wieder verschämt weg geguckt habe. Ich habe mich so ertappt gefühlt. So nackt. Das ganze hat sie offensichtlich amüsiert, sie hat gelacht, immer wieder. Es ging noch eine Weile hin und her. Erst dachte ich, sie lacht mich aus. Dann habe ich irgendwie Hoffnung gehegt, dass sie mich möglicherweise nicht aus-, sondern anlachen könnte. Ich bin auf sie zugegangen. Kurz bevor ich bei ihr war, hat sie einer ihrer Bekannten angequatscht. Einerseits war ich bitter enttäuscht, andererseits auch erleichtert:

Was hätte ich ihr denn sagen sollen? Ich war so schüchtern, und gleichzeitig so durch den Wind. Und noch nicht besoffen genug, um das zu kompensieren. Also habe ich mir zunächst noch einen Blusenöffner genehmigt, um mir Mut anzutrinken. Dann sicherheitshalber noch einen. Und dann musste ich aufs Klo. Das bedeutete: In der Schlange anstellen. Plötzlich war sie wieder in meiner Nähe. In einer Gruppe von Leuten, die sich unterhalten haben. Sie hat immer wieder zu mir hergeschaut. Und ich konnte den Blick nicht von ihr lassen." Michael zog von seiner Zigarette.

„Wie hat sie denn ausgesehen? Was hatte sie an?" – „Was sie an hatte? Interessant, das ist glaube ich eine typische Frauenfrage, kann das sein? Sie hatte nichts außergewöhnliches an. Jeans und T-Shirt. Wie sie ausgesehen hat? Schön, eine schöne Frau. Tolle Figur, tolle Haare, tolles Gesicht. Es war jedoch Ihr Blick, der mich erst so richtig umgehauen hat. Oder ihre Ausstrahlung. Ich weiß es nicht. Auf jeden Fall war ich dann irgendwann an der Reihe und bin aufs Klo gegangen. Murphy's Law: Ich war von Anfang bis Ende der letzte in der Schlange. Wie im Supermarkt an der Kasse, verstehst du?" – „Verstehen Sie, wollten Sie sicher sagen." Sabine grinste. „Verzeihen Sie, Sabine." Sie nahmen einen weiteren tiefen Schluck.

„Als ich auf dem Klo fertig war und die Tür öffnete, ist sie herein geschlüpft, hat die Tür hinter sich zugezogen und abgeschlossen. Ohne Worte hat sie ihr T-Shirt ausgezogen. Sie hatte keinen BH drunter. Sie schnipste die Schuhe von den Füßen und stieg blitzartig aus ihrer Jeans. Nur mit Slip bekleidet hat sie mich mit erbarmungslosem Blick angesehen und mit furchteinflößender Stimme „Zieh' dich aus!" gesagt. Ich war versteinert, von so etwas habe ich damals zwar oft geträumt, niemals jedoch hätte ich ernsthaft damit gerechnet. „Na wird's bald?" hat sie gesagt. Und mich beschimpft. Als besoffenen Sack. Und als weitaus schlimmeres. Ich habe gehorcht und die Hüllen fallen lassen. Dann hat sie mich mit Wucht nach hinten geschubst, so dass ich mit nacktem Hintern auf dem kalten Klodeckel gelandet bin. Sie hat ihren Slip ausgezogen, sich breitbeinig auf meinen Schoß gesetzt und mich vergewaltigt!"

„Wahnsinn!" Sabine drückte die Zigarette aus und trank einen tiefen Schluck. Michael trank ebenfalls.

„Ja, Wahnsinn. Meine damalige Lieblings-Sexphantasie ist in Erfüllung gegangen. Ich bin mit ihr zusammen geblieben. Bis heute."

„Ich dachte, Ihre Frau hat Sie verlassen?" – „Ja. Sie ist heute morgen zu ihrer Mutter gefahren. Allerdings auch aus einem anderen Grund. Ich hoffe zwar, dass sie wieder zurück kommt, ganz sicher sein kann ich mir da jedoch nicht." – „Wie ist es dazu gekommen?" Michael schien zu zögern. „Nachdem ich jahrzehntelang von ihr benutzt wurde, habe ich es heute Nacht gewagt, sie im Schlaf zu nehmen."

Sabine war nachdenklich. „Wissen Sie, für mich wäre es kein Trennungsgrund, im Schlaf genommen zu werden. Ganz im Gegenteil: Ich würde es mir sogar wünschen. Doch mein Mann begehrt mich nicht mehr. Schon lange nicht mehr. Wie Sie wissen muss ich mir mit Morgengymnastik selbst helfen." Sie grinste ihn spitzbübisch an. Ihr war nicht entgangen, wie er aufgehorcht hatte bei Ihrer Bemerkung, sie würde es sich wünschen, im Schlaf genommen zu werden.

„O. k., jetzt sind Sie dran. Mit dem Ersten Mal, meine ich." – „Gut, wie Sie wünschen. Ich war sechzehn, er einige Jahre älter. Mathestudent, mein Nachhilfelehrer. Da ich ein wirklich hoffnungsloser Fall war, bekam ich mehrmals pro Woche von ihm Einzelunterricht. Ich war ein pubertierendes Mädchenund wollte meine Wirkung auf Männer austesten. Meine Eltern waren Doppelverdiener und haben mich mit meinem Nachhilfelehrer meistens alleine gelassen. Unglaublich, dass die nie auf den Gedanken gekommen sind, dass da etwas laufen könnte. Eines Tages habe ich ihn verführt. Mit kurzen Hosen und tiefem Ausschnitt. Wir waren nebeneinander gesessen, über einer Matheaufgabe grübelnd. Ich habe meinen Mut zusammengenommen und ihm in den Schritt gefasst. Habe einfach seinen Penis massiert. Erst war er perplex, hat zunächst keine Reaktion gezeigt. Doch dann ist er mir an die Wäsche. Wir haben es französisch gemacht, 69. Er konnte gar nicht genug davon bekommen, es mir oral zu besorgen. Das interessante dabei ist: Obwohl wir ab diesem Zeitpunkt alles andere als Mathe gemacht haben, bin ich innerhalb eines halben Jahres von einer Fünf auf eine Eins gekommen, und habe später sogar Architektur studiert. Weil sich schlicht meine Einstellung zu diesem Fach geändert hat. Mein Erstes Mal hat also mein Leben maßgeblich beeinflusst."

„Interessant. Was ist aus Ihrem Mathe-Lover geworden?" – „Es ging mehrere Monate. Bis mein kleiner Bruder uns erwischt hat. Dieser Miesling hat uns an meine Eltern verpfiffen. Die haben dann für ein abruptes Ende der Beziehung gesorgt. Es war ein Riesenaufstand, da haben sich Dramen abgespielt. Sie wollten ihn zunächst anzeigen, ich hatte schrecklichen Liebeskummer. Und ich beschloss, dass ich an meinem achtzehnten Geburtstag zu Hause ausziehen und den Kontakt abbrechen würde. Was ich dann auch getan habe. Bis zu diesem Tag hat mich meine Familie als Schlampe behandelt, was mich übrigens auch maßgeblich geprägt hat: Wenn Sie jahrelang eingeredet bekommen, eine Schlampe zu sein, werden Sie irgendwann eine. Es gab Phasen, da habe ich es fast mit jedem getrieben. Ich war im ganzen Stadtviertel verschrien. Ich glaube, meine Eltern waren froh, als ich auszog. Erst, nachdem ich es während des Studiums noch mal so richtig krachen lassen habe, wurde ich mit Ende Zwanzig langsam ruhiger. Ich habe irgendwann geheiratet und war dann viele Jahre eine treue Ehefrau."

Die Maßkrüge war leer. Jetzt war Michael mit Nachschub Holen an der Reihe. Der Biergarten hatte sich zwischenzeitlich mehr und mehr geleert und es war dunkel geworden. Sabine sinnierte vor sich hin. War es möglich, dass jeder Mensch eines Tages das Bedürfnis hat, die erste sexuelle Erfahrung seines Lebens zu wiederholen, jedoch in der Rolle des damaligen Partners? Das würde auf jeden Fall erklären, warum sie so scharf auf diesen Kai gewesen war. Sabine war gespannt, was die Nacht noch bringen mochte.

Michael kam vom Tresen zurück mit zwei Maßkrügen in der Hand, die eine rosarote Flüssigkeit enthielten. „Was ist das?" – „Wodka Bull. Wir haben heute Nacht schließlich noch viel vor." Sie prosteten sich zu und tranken.

Sabine musste aufs Klo. Sie war schon ganz schön wackelig auf den Beinen, wie sie auf dem Weg dorthin feststellte. Auf dem Rückweg von der Toilette beschloss sie, dass jetzt genau der richtige Zeitpunkt war, um etwas in die Tat umzusetzen, von dem sie zwar schon oft geträumt, es jedoch nie zu tun gewagt hatte. Sie ließ sich rechts neben Michael auf die Bierbank fallen und zog Ihren Maßkrug und die Zigaretten von ihrem vorherigen, gegenüberliegenden Platz zu sich her.

Während sie auf der Toilette gewesen war, hatte der Kellner die Kerzen auf den noch besetzten Tischen angezündet. Sabine blies die Kerze auf ihrem Tisch aus. Jetzt saßen sie fast im Dunkeln, die umliegenden Tische waren mittlerweile frei.

Von Michael unbemerkt griff Sabine unter ihren Rock. Sie schob heimlich ihren Slip beiseite und berührte ihr Allerheiligstes. Sie spürte die warme Feuchtigkeit. Sie streichelte sich ein wenig und ließ dann den Zeigefinger in ihre Höhle gleiten. Dann holte sie ihre Hand unter ihrem Rock hervor und schob Michael ihren nassen Zeigefinger in den Mund. Michael machte große Augen. Gierig sog er an Sabines Finger. Sabine bewegte ihren Mund ganz nah an sein Ohr und flüsterte: „Lust auf mehr?" Sabine nahm seine linke Hand und führte sie unter ihren Rock. Sie legte ihr linkes Bein auf seinen Oberschenkel. Michaels Hand fand ihre Möse und begann, sie zu streicheln. Was für ein tolles Gefühl. Sabine legte den Kopf in den Nacken und betrachtete die Sterne, die zwischen den Blättern der Kastanienbäume zu sehen waren. Seine Hand fühlte sich wundervoll zwischen ihren Beinen an. Michael gehörte offenbar zu den wenigen Männern, die genau wussten, wie man einer Frau Lust verschaffte.

Nachdem sich Sabine eine Weile ganz ihren Empfindungen hingegeben hatte, tastete sie sich über seinen Oberschenkel zu dem Reißverschluss seiner Hose vor und öffnete ihn. Vorsichtig schob sie ihre Hand in seinen Hosenschlitz. Was für ein Prachtstück! Sie hatte Mühe, sein mächtiges Teil durch den viel zu kleinen Hosenschlitz hindurchzubugsieren.

War das geil: Sie befand sich mitten in der Öffentlichkeit, nur wenige Tische weiter saßen noch Leute und unterhielten sich ganz normal. Der Kellner hatte sich zu einer größeren Gruppe dazu gesetzt und erzählte Witze. Und unbemerkt von den anderen Menschen hatte sie einen Schwanz in der Hand und wurde heimlich unter dem Tisch befriedigt. Ob man ihr verbotenes Spiel entdecken würde? Ein leichter Windstoß spielte mit ihren Haaren. Sabine fühlte sich so lebendig wie lange nicht mehr.

Genüsslich ertastete sie seinen Penis. Er war einerseits knüppelhart, andererseits hatte er eine so weiche, seidige Haut. Sanft spielte sie mit seiner Eichel, was Michael mit einem leisen Keuchen quittierte.

Sabine ließ seinen Schwanz kurz los, führte ihre Hand zum Mund und füllte sie unauffällig mit einer großen Portion Spucke. Dann verrieb sie die Spucke auf seiner Eichel. Sie wiederholte diese Prozedur noch mehrere Male, bis sein Gemächt von oben bis unten richtig schön glitschig war. Dann begann sie, es ihm nach allen Regeln der Kunst zu besorgen. Sie beobachtete dabei sein Gesicht von der Seite. Aufmerksam verfolgte sie sein Minenspiel, während sie ihn unter dem Tisch heimlich bearbeitete. Sie wollte herausfinden, was ihm besonders gefiel.

Er hatte die Augen geschlossen, sein Mund stand leicht offen. Seinem Gesichtsausdruck nach zu schließen gefiel ihm, was sie mit ihm machte. Manche Berührungen ihrer Hand ließen seinen Mund zucken und seinen Atem schneller gehen.

Während all dem verwöhnte er mit seiner wissenden Hand ihr Heiligtum unablässig weiter. Gleich würde Sabine einen Orgasmus haben. Inmitten all der Leute! Sie wollte vor Lust schreien, doch sie durfte nicht.

Sie fühlte seine freie Hand unter ihrem Rock nach ihrem Hintern tasten. Sein Atem ging schneller und schneller, sein Gesicht nahm einen wilden, lustvollen Ausdruck an. Seine Hand an ihrem Hintern griff mit einem Mal heftig zu, sie fühlte seine Finger schmerzhaft in ihr Fleisch eindringen. Gleichzeitig begann er, leise zu stöhnen. Einer der Gäste an dem Tisch mit der größeren Runde blickte in ihre Richtung. Oh nein! Hatte er schon etwas bemerkt? Waren sie schon entlarvt?

Schnell griff sie mit der freien Hand unter Michaels Kinn, zog sein Gesicht unwirsch zu sich her und erstickte sein Stöhnen mit ihren Lippen in einem leidenschaftlichen Kuss, während sein Schwanz begann, in ihrer Hand wild zu pulsieren. Sabine kam mit ungeheuerlicher Intensität.

Erschöpft und außer Atem sanken sie beide zurück an die Lehne der Bierbank. Sabine behielt sein Bestes Stück noch eine Weile in der Hand, seine Linke verweilte ebenfalls in Ihrem Schoß, streichelte sie sanft. Sie schauten gemeinsam die Sterne an.

Der Kellner kam auf sie zu. Schnell ließen sie von einander ab, Sabine richtete hastig ihren Rock. Michael rutschte auf der Bank so weit wie möglich nach vorne, so dass sein aus der Hose baumelnder Schwanz von der Tischplatte verdeckt wurde.

„Wir schließen. Darf ich bitte abkassieren?" Michael bezahlte und gab reichlich Trinkgeld. Der Kellner bedankte sich überschwänglich.

Sie tranken gemütlich aus. Rauchten die Zigarette danach. Sabine schmiegte sich an Michaels Seite und legte ihren Kopf auf seine Schulter. Sein Schwanz hing immer noch aus der Hose. Sie streichelte ihn spielerisch. Sie fühlte sich wie eine Göttin. Erhaben, einzigartig, über den Dingen schwebend.

Nachdem ihre Krüge leer waren standen sie auf und gingen. Als sie an den wenigen verbleibenden Gästen im vorderen Bereich des Biergartens Arm in Arm vorbei

135

schwankten, hörte Sabine Gekicher. Ihre heimlichen Aktivitäten schienen wohl doch nicht ganz unbemerkt geblieben zu sein. Egal. Was soll's?

## Schwimmbadbesuch

Sie torkelten die Straße hinunter, die ganze Gehwegbreite ausnutzend. Der Wodka Bull entfaltete seine volle Wirkung, Sabine fühlte sich ganz schön besoffen. Sie war voller Übermut und Glücksgefühle: es war die erste warme Nacht nach einem endlos langen Winter und sie war mit ihrem neuen Liebhaber unterwegs, mit dem sie eben sexuelle Handlungen in der Öffentlichkeit vollzogen hatte. Spontan zog sie Michael in einen Hauseingang. Sie schob beide Hände in seine Hose und streichelte seine Pobacken. Es folgte wildes Geknutsche.

Sabine hörte plötzlich Stimmen. Stimmen, die ihr bekannt vorkamen. Da sie sich gerade im Zustand aufgewühlter Geilheit und noch dazu in volltrunkenem Zustand befand dauerte es eine Weile, bis sie die Stimmen einordnen konnte. Ein Mann und eine Frau. Besonders die Stimme der Frau schien etwas in ihrem Unterbewusstsein zum Klingen zu bringen. War das nicht...

Sabine löste sich aus Michaels Umarmung und blickte an ihm vorbei. Tatsächlich: Das war Nadine. Nadine und ihr Partner. Die beiden waren stehen geblieben und blickten sie an.

„Ähm, hallo..." – „Sabine?" – „Ja, ich bin's. Hallo Nadine." – „Hey, lasst euch nicht stören." – „Ihr stört nicht. Wie geht's?" – „Gut, danke. Wie es euch geht brauche ich wohl nicht zu fragen..." Nadine lachte. „Wir wollten noch ein wenig ins Schwimmbad, kommt ihr mit?" – „Ins Schwimmbad? Jetzt?" – „Ja klar, nachts ist es am schönsten. Und es ist eine herrlich warme Nacht, findest du nicht?" – „Stimmt. Also, wegen mir…" Sabine schaute Michael an. Er hatte zunächst etwas irritiert gewirkt, als Sabine die beiden angesprochen hatte. Gerade so, als würde er sie als Störenfriede empfinden. Doch jetzt lächelte er. „O. k., wegen mir auch."

Sie lösten sich aus dem Hauseingang. Kurze allgemeine Vorstellungsrunde: Johannes, Michael, Sabine, Nadine. Dann gingen sie gemeinsam mit den anderen beiden weiter. Nach einer Weile standen sie vor dem Zaun des Schwimmbades. „Wir müssen hinüber klettern. Schafft ihr das?" Nadine schaute die beiden etwas kritisch an. „Klar, wir haben zwar schon eine Kleinigkeit getrunken, aber das schaffen wir." antwortete Sabine selbstsicher. Nacheinander kletterten sie über den Zaun.

Das weitläufige Gelände des Freibades lag in Dunkelheit vor ihnen. Die Blätter der alten, großen Bäume raschelten leise im warmen Nachtwind. Die freien Stellen zwischen den Bäumen wurden vom Mondlicht erhellt. Leise machten sie sich auf den Weg.

Nach einigen Metern hörte Sabine etwas, sie erschrak. Leises Murmeln zu ihrer Linken. Sie nahm Nadines Hand und flüsterte ihr ins Ohr: „Hörst du das, da ist jemand!" – „Ja, kann sein. Mach' dir keine Sorgen. Das ist hier ein beliebter Treffpunkt. Für Jugendliche hauptsächlich. Und natürlich für Romantiker wie uns."

Die Liegewiese kam Sabine in der Dunkelheit noch viel größer vor, als sie sie in Erinnerung hatte. Sie bekam langsam Angst, dass sie sich auf dem großen Gelände verlaufen könnten. Doch nach einiger Zeit lag das Nichtschwimmerbecken im Mondlicht glitzernd vor ihnen. Sabine war erleichtert, jetzt fand sie ihre Orientierung wieder.

Nadines Partner Johannes steuerte eine kleine Lichtung zwischen den urigen Bäumen an und stellte die Tasche ab, die er die ganze Zeit getragen hatte. Nadine öffnete sie und entnahm ihr eine große Decke. Sie breitete die Decke auf dem Boden aus. Dann zog sie die Schuhe aus und setzte sich auf die Decke. „Kommt, machen wir es uns bequem!" Die anderen leisteten Folge, zogen ebenfalls die Schuhe aus und setzten sich zu Nadine.

Johannes kramte in der Tasche und beförderte vier Flaschen Bier ans Mondlicht. „Wir wollen euch nicht eure Vorräte weg trinken." Sabine zögerte, die ihr angebotene Flasche anzunehmen. „Wenn das Bier alle ist gehen wir kurz rüber zur Tankstelle und holen Nachschub." Johannes lächelte. „Nehmt schon." Ein Feuerzeug machte die Runde, eine Flasche nach der anderen gab das einem Biertrinker wohl vertraute „Plopp" von sich. Johannes sammelte die Kronkorken ein und ließ sie in der großen Tasche verschwinden. Sie tranken. Sabine kuschelte sich an Michael. Sie war reichlich verwirrt von Nadines Gegenwart. Die Frau, mit der sie erst vor kurzem die rote Linie der gleichgeschlechtlichen Liebe übertreten hatte. Überhaupt bestand Sabines Leben in den letzten Tagen nur noch aus Übertretungen roter Linien. Sex mit einer

Frau, Sex mit einem Jüngling, Sex in der Öffentlichkeit. Selbstbefriedigung bei offenem Fenster vor den Augen des Nachbarn. Sex, Sex, Sex. War sie vom keuschen, ungeliebten Eheweib zur Nymphomanin geworden? Und nicht nur das: Die Liste ihrer Fehltritte beinhaltete auch nächtlichen Einbruch, Alkoholexzesse und Drogenmissbrauch. Und irgendwie hatte Sabine das Gefühl, dass sie dieser Liste noch die Überschreitung der einen oder anderen roten Linie anfügen würde. Vielleicht sogar noch heute Nacht?

„Jetzt eine Tüte, das wäre doch eine feine Sache, oder?" Johannes grinste in die Runde. „Oh ja, das wäre toll. Sabine, was meinst du?" Nadine blickte Sabine herausfordernd an. Sabine musste an den Geschmack des Hanfs bei ihrem letzten Treffen denken. Und nicht nur an den des Hanfs… Die Erinnerung an Nadines Körpersäfte ließ ihr das Wasser im Mund zusammen laufen. Und mit Erschrecken stellte sie fest: nicht nur in ihrem Mund.

Sie fühlte Nadines Hand auf ihrem Oberschenkel. All diese fremdartigen Verlockungen. Sabine hatte Angst. Angst vor ihren eigenen Gelüsten. Sie kuschelte sich noch enger an Michael. Der küsste sie auf den Nacken und legte seine Arme um ihre Taille. Seine Nähe wirkte beruhigend auf sie, ließ ihren Anflug von Angst vorüber gehen. Sabine entspannte sich. „Ja, ein Joint wäre jetzt wirklich nicht schlecht."

„Na, dann rauchen wir doch einfach einen!" Johannes holte einen ziemlich großen, dicken Joint aus der Brusttasche seines Karohemdes und zündete ihn an.

Sofort stieg der süßliche Geruch in Sabines Nase. Sie bekam eine Gänsehaut. Was Michael wohl von ihr denken mochte? Ob er schon dahinter gekommen war, dass sie es mit Nadine getrieben hatte? Wie würde er wohl darauf reagieren, dass seine neue Freundin sich bisweilen der lesbischen Liebe hingab? Würde es ihn schockieren? Oder… fände er es womöglich erregend? Sabine kamen die zahllosen Lesbenszenen in Pornofilmen in den Sinn. Standen Männer nicht darauf? Machte es sie nicht geil?

Der Joint kam bei Sabine an. Sie zog den Rauch tief ein. Sie fühlte Nadines Blicke. Sie schaute ihr in die Augen, und blies den Rauch langsam und genüsslich in Nadines Richtung. Sie legte ihre Hand auf Nadines, die immer noch auf ihrem Oberschenkel ruhte. Während sie noch einen Zug nahm streichelte sie Nadines Handrücken. Ob Johannes etwas von ihrem jüngsten Intermezzo ahnte? Wie würde er wohl reagieren, wenn… Ausprobieren, einfach ausprobieren. Sabine stach der Hafer. Sie lächelte Nadine an und beugte sich zu ihr hinüber. Nadines Augen blitzten auf, als sie ihre Absicht erkannte. Nadine legte einen Arm um Sabines Schulter und zog sie sanft zu sich her. Ihre Lippen berührten sich. Sabine blies den Rauch in Nadines Mund. Gleichzeitig zog sie Nadines Hand auf ihrem Oberschenkel ein Stück weiter nach oben. Ein Seitenblick auf Johannes verriet ihr, dass er in keiner Weise erstaunt war. Diesen Mann schien nichts aus der Ruhe zu bringen. Offenbar führten die beiden so eine Art offene Beziehung. Würde auch gut in das Bild des Hippie-Pärchens passen.

Sabine löste sich von Nadines Lippen. Die lächelte sie schelmisch an und blies den Rauch in den Nachthimmel. Dann nahm sie den Joint von Sabine und zog.

## Sternschnuppe

Michael fühlte sich unglaublich wohl. Wie entspannt diese Leute waren. Das krasse Gegenteil zu der aggressiven und hektischen Stimmung, der er so viele Jahre täglich in seinem Job ausgesetzt gewesen war. Dieser Moment, dieser Abend war Balsam auf seiner geschundenen Seele. Er empfand tiefe Dankbarkeit für Sabine und ihre Freunde, und große Zuneigung zu den dreien. Zum ersten Mal seit vielen Jahren war er eins mit sich und der Welt. Natürlich war ihm die Vertrautheit zwischen Sabine und dieser Nadine nicht entgangen. Offenbar hatten die beiden etwas miteinander. Zuzutrauen wäre es Sabine. Nach allem, was sie ihm heute Abend verraten hatte. Und nach allem, was sie unter dem Tisch mit ihm gemacht hatte. Es störte ihn nicht, im Gegenteil. Michael kam die eine oder andere Lesbenszene in Pornofilmen in den Sinn...

Nachdem der Joint nach ein paar weiteren Runden ausgeraucht war erhob sich Nadine. „Kommt, lasst uns baden gehen!" Sie begann, sich auszuziehen. Michael schaute ihr voller Bewunderung zu. Nachdem Nadine die Hüllen fallen gelassen hatte stand sie nackt im Mondlicht. Michael hörte Sabine in sein Ohr flüstern: „Wie schön sie ist. Wie ein Engel." Er musste ihr Recht geben. Nadine sah tatsächlich aus wie eine überirdische Erscheinung, als wäre sie nicht von dieser Welt. Ihre Locken reflektierten das sanfte Mondlicht, so dass es aussah, als hätte sie einen Heiligenschein. Ihr Körper schien aus Alabaster zu sein. Ihre Gliedmaßen: so fein, so grazil, so zerbrechlich. Und so wunderschön.

Nadine fragte mit dunkler, leicht rauchiger Stimme: „Kommst du, Sabine?" und reichte dieser die Hand. Sabine ergriff sie und erhob sich. Die beiden Frauen standen sich gegenüber. Michael war ganz ergriffen von diesem Bild: die nackte Nadine, engelsgleich und voller Unschuld. Daneben die frivol in schwarz gekleidete Sabine, eine der Hölle entstiegene Hure. Welch ein Kontrast. Und doch: zwei Seiten der gleichen Medaille. Die zwei Seiten der Liebe, der Lust. Des menschlichen Seins.

Nadine griff Sabines Hände und hob ihre Arme über ihren Kopf. Sabine stand mit erhobenen Armen im Mondlicht, leicht schwankend. Nadine streifte langsam Sabines Oberteil nach oben, über deren Kopf und die erhobenen Arme. Zwei beeindruckende Brüste in einem verführerischen, schwarzen Spitzen-BH kamen zum Vorschein. Die Nackte Haut von Sabines Oberkörper leuchtete im Mondlicht, während Kopf, Arme und Unterleib im Dunkeln lagen. Michael hatte den Eindruck, er würde nur ihren Torso sehen, frei in der Luft schwebend.

Nadine beugte sich vor und küsste Sabines Oberkörper. Dann erhob sie sich und befreite Sabines Kopf und Arme von dem Oberteil. Sabines BH glitt zu Boden und gab den Blick auf ihren Busen frei. Der Lederrock folgte dem BH, Sabine war nur noch mit Slip, Strapsgürtel und Nylons bekleidet. Die pure Versuchung. Michael blickte zu Johannes hinüber, der schien auch völlig von der Rolle zu sein. Der Engel ging vor der Hure auf die Knie und vollendete sein Werk: Die Befreiung der Unschuld von den Artefakten des Bösen. Nacheinander fielen Strapsgürtel, Slip und Nylons. Immer noch kniend umarmte der Engel den nun vom Teufel befreiten Körper und küsste den nackten Bauch. Michael war ganz ergriffen. Er hatte das Gefühl, einer biblischen Szene beizuwohnen. In diesem Moment flog eine Sternschnuppe übers Firmament.

Er schüttelte den Kopf. Scheiß-Drogen!

Und doch: Die Symbolhaftigkeit dieser Szene ließ Michael nicht mehr los. Drogen hin oder her. War diese Erscheinung eine Metapher für sein eigenes Leben? Für das Leben allgemein? Galt es, die Menschheit von den Artefakten des Bösen zu befreien, von Konsumgütern, Geld und Macht? Steckte hinter der Fassade auch des skrupellosesten Zeitgenossen ein Engel? Michael musste an diverse Ex-Kollegen denken – Antwort: Nein. Auch in nacktem Zustand wären seine Peiniger die gleichen Monster. Und hatte es nicht bereits in biblischen Zeiten Mord und Totschlag gegeben? Die Vertreibung aus dem Paradies, Kain und Abel?

Jedoch für sein eigenes Leben war die eben erlebte Erscheinung wohl ein Spiegelbild: Seit er – unfreiwillig – die Arbeitswelt hinter sich gelassen hatte fühlte er sich seltsam befreit. Er nahm sich vor, baldmöglichst in nüchternem Zustand darüber nachzudenken. Falls er sich dann noch daran erinnern würde.

Nadine erhob sich. Sie nahm Sabine bei der Hand, die beiden Frauen gingen in Richtung Schwimmbecken. Michael betrachtete die zwei von hinten. Was er sah strafte die eben erlebte Erscheinung Lügen: Auch völlig nackt war und blieb Sabine die teuflische Hure: diese unglaublichen Kurven, dieser geile Arsch. Jeder Quadratzentimeter ihres celloförmigen Körpers schien auf provozierende Weise zu sagen: „Ich weiß, dass du mich begehrst!"

Johannes trank sein Bier leer und rülpste. „Ich geh' Nachschub holen. Bevor die Tanke keinen Alk mehr verkauft." Michael erinnerte sich: schon seit einigen Jahren war es untersagt, nach Mitternacht Alkohol zu verkaufen. Ein ganz entscheidender Schritt, die Erde einen besseren Ort werden zu lassen. Johannes verschwand in der Dunkelheit.

Michael hörte die beiden Frauen plätschern und kichern. Was die zwei wohl so alles im Wasser trieben? Michael nahm einen tiefen Schluck aus seiner Flasche, ließ sich auf den Rücken fallen und betrachtete die Sterne. Da: eine Sternschnuppe. Und noch eine. Darf man sich nicht etwas wünschen, wenn man eine Sternschnuppe sieht? Michael überlegte, was er sich wohl wünschen sollte. Albernes Frauengelächter drang an sein Ohr. Er schmunzelte. Ist es nicht der geheime Wunsch nahezu jedes Mannes, Sex mit zwei Frauen zu haben? In nüchternem Zustand wäre er viel zu ängstlich für so etwas. Hätte Panik, ausgelacht zu werden. Nicht so zu können wie man das von ihm erwartet. Nicht zu performen, wie man sagt. So, wie er in seinem Job angeblich nicht performt hatte. Scheiß' drauf. Er wartete die nächste Sternschnuppe ab und wünschte sich ganz fest, Sex mit den beiden Frauen zu haben. Noch heute Nacht. Michael schloss die Augen.

Kurze Zeit später hörte er Rascheln im Gras. Er öffnete die Augen und sah die beiden nackten Frauen auf ihn zukommen. Ihre Körper waren nass, die Wassertropfen glitzerten im Mondlicht wie tausend Perlen. Sie hielten sich an den Händen.

„Nanu, hast du geschlafen?" Irgendwas war anders. Ach ja: Sabine hatte ihn eben geduzt! Verrückt: Übliche Fremdgeher duzten sich für gewöhnlich, wenn sie unter sich waren, und gingen in der Anwesenheit Dritter zum Sie über. Bei Sabine und ihm war es genau umgekehrt. Lustig.

„Ist dir nicht kalt, du bist ganz nass!" fragte er Sabine. „Nein, das Wasser ist herrlich warm. Schade, dass du nicht mitgekommen bist." Nadine kramte in der Tasche und holte ein Handtuch hervor. „Du solltest dich trotzdem abtrocknen, meine Süße. Sonst erkältest du dich." Nadine legte das Handtuch um Sabines Schultern und begann, sie abzutrocknen. Sabine nahm die beiden Enden des Handtuchs und breitete sie in einer umarmenden Bewegung um Nadine. Die beiden kuschelten sich eng aneinander und trocknen sich gegenseitig den Rücken ab. Michael beobachtete sie dabei lüstern. Das Handtuch fiel zu Boden und gab den Blick auf ihre nackten Körper frei. „He, du Spanner!" Sabine lachte. „Wenn du uns schon so angaffst solltest du uns auch etwas sehen lassen!" Nadine nickte. „Sie hat Recht. Los, zieh dich aus!" Die beiden ließen sich neben ihm auf die Decke nieder und begannen, ihm die Kleider auszuziehen. Kurze Zeit später lag er nackt vor ihnen. Nadines rauchige Stimme: „Wow, was für ein schöner Mann!" Die beiden kicherten. Er fühlte streichelnde Hände auf seinem Körper. Wahnsinn, das Sternschnuppen-Ding funktionierte tatsächlich! Die vom Baden kalten Finger auf seinem Bauch ließen ihn zusammenzucken. Wassertropfen fielen von Sabines nassen Haaren auf ihn. Er bekam Gänsehaut. Und einen Ständer. Er wusste nicht, ob ihm das das peinlich sein sollte. Michael war nervös wie selten zuvor.

Natürlich war das Sex-mit-zwei-Frauen-Ding schon immer die Nummer Eins seiner erotischen Fantasien gewesen. Doch jetzt, da es soweit war, fühlte er sich gar nicht so gut damit. Es fiel Michael schon schwer genug, mit nur einer Person intim zu werden. Schließlich gab man beim Sex viel von sich Preis. Sich allerdings zwei Frauen zu öffnen brachte ihn an seine Grenzen. Zu allem Überfluss waren die beiden offensichtlich befreundet. In seinen Dreier-Fantasien lief das ganze immer völlig anonym ab. Sicher würden sich die beiden Frauen gegen ihn verbünden, ihn gemeinsam auslachen und mit verletzenden Schmähungen überziehen. Michael fühlte sich wie damals im Sandkasten, als andere Kinder seine Sandburg zertrampelt hatten.

Hände wanderten langsam von seinen Knien über die Innenseiten seiner Oberschenkel zu seinen Eiern. „Was für ein Prachtstück!" hörte er Nadine flüstern. Sabine kuschelte sich seitlich an ihn. Ihr rechtes Bein lag auf seinem Oberschenkel, sie küsste ihn auf die Wange. Ihre Hand streichelte seinen Oberkörper. Er konnte ihren Schoß an seiner Hüfte fühlen, sie rieb sich an ihm. Während ihr Körper ganz kühl war, war ihr Schoß glühend heiß. Nadine kniete auf seiner anderen Seite

148

und erforschte mit ihren Händen seinen Körper. Michael beruhigte sich allmählich. Er lag regungslos mit geschlossenen Augen da und genoss.

Er fühlte, wie Sabines Küsse an seinem Körper abwärts wanderten. Ihre nassen Haare kitzelten ihn. Dann wurde er zärtlich auf den Mund geküsst. Er öffnete die Augen. Es war Nadine. Er öffnete leicht die Lippen und erwiderte ihren Kuss. Seine Zunge fand die ihre und tanzte mit ihr. Es war eine Berührung voll zarter Liebe.

## Die Verfolgungsjagd

Sabines Mund war zwischenzeitlich an seinem besten Stück angekommen. Sie leckte langsam von seinen Hoden aus an ihm entlang bis zur Spitze. Es war wirklich ein Prachtexemplar. Lüstern seufzend rieb sie ihr Gesicht an ihm. Dann spielte sie mit der Zungenspitze um den Rand seiner Eichel. Ganz langsam. Nach einer Weile befeuchtete sie ihre Lippen mit der Zunge und nahm ihn in den Mund. Er schmeckte köstlich.

Während sie leidenschaftlich Michaels Schwanz verwöhnte, betrachtete sie ihre Freundin. Nadine lag bäuchlings neben Michael, in einem langen Kuss mit ihm vereint. Ihr süßer Po war ganz nah an Sabines Gesicht. Sabine griff nach ihrem Po, begann, ihn zu streicheln. Wie fest und knackig er war. Ihre glatte, unendlich zarte Haut. Sie ließ ihre Hand zwischen die Pobacken wandern. Nadine spreizte willfährig die Schenkel und nahm ihre Liebkosungen dankbar entgegen.

Johannes erschien in Sabines Blickfeld, mit zwei Sixpacks in den Händen. Er blieb eine Weile stehen und betrachtete das Treiben. Dann stellte er die Sixpacks auf den Boden und verschwand wieder aus Sabines Blickfeld.

Nadine entzog ihren Unterleib Sabines zärtlicher Massage. Sabine beobachtete, wie Nadines Zunge über Michaels Oberkörper fuhr, vom Hals über die Brust zum Bauch, bis ihr Gesicht ganz nah an ihrem war.

Gleichzeitig wanderte Nadines Po im Halbkreis zu Michaels Gesicht. Sie setzte sich rittlings auf ihn, ihr Schoß direkt über seinem Mund.

Sabine ließ von Michaels bestem Stück ab und küsste Nadine. Dann begannen sie, Michael gemeinsam zu verwöhnen. Plötzlich fühlte Sabine Hände auf ihrem Po. War das Johannes? Vermutlich. Sie drehte sich um, konnte in der Dunkelheit jedoch nicht genau erkennen, wer hinter ihr war. Gierig streckte Sabine ihr Hinterteil in die Höhe. Schon fühlte sie etwas hartes zwischen ihren Schenkeln. Ein Penis fand den Eingang zu ihrer Höhle und begann, in sie einzudringen.

Sabine war im siebten Himmel. Wie oft hatte sie davon geträumt? Zwei Männer, zwei Schwänze. Sie, Sabine, als Lustobjekt. Dass ihre Freundin Nadine noch mit von der Partie war: das Sahnehäubchen. Sie genoss in vollen Zügen, leckte Michaels Schwanz nach Herzenslust. Willig nahm sie Johannes' Stöße entgegen. Und sie genoss das Glück, ihrer Freundin so nah zu sein. Die pure Sinnesfreude.

Plötzlich wurde sie von gleißendem Licht geblendet. Hundegebell, barsche Stimmen. Sabine erschrak zu Tode. Johannes zog sich aus ihr zurück, Nadine sprang auf. Michael spritzte ab, Sabine voll ins Gesicht. „Scheiße, die Bullen! Nichts wie weg!" Johannes' Stimme klang hysterisch. Nadine nahm Sabine bei der Hand und riss sie hoch. „Michael!" verzweifelt streckte Sabine ihre Hand nach dem immer noch am Boden liegenden aus. Der ergriff ihre Hand, sie zog ihn hoch, und alle vier nahmen die Beine in die Hand. Michaels

Sperma rann in Sabines Augen. Es brannte, sie konnte nichts mehr sehen. Blind folgte sie Nadine, hielt deren Hand fest umklammert. Endlich waren sie am Zaun angekommen. Sie halfen sich gegenseitig hinüber. Sobald sie alle auf der anderen Seite waren rannten sie eine dunkle Gasse hinunter. Sabine rieb sich Michaels Körpersaft aus dem Gesicht, sie konnte ihre Umgebung wieder sehen, wenn auch verschwommen. Straßenlaternen flogen an ihnen vorbei, sie rannten durch die Nacht. Aus den Augenwinkeln nahm Sabine eine Gestalt wahr, die in einen Hinterhof verschwand. Mann oder Frau? Sie konnte es nicht sehen. Neben dem noch immer in ihren Augen brennenden Sperma waren auch Alkohol und Drogen dafür verantwortlich, dass ihre Wahrnehmung getrübt war. Ihre Füße schmerzten, barfuß laufen war sie nicht gewohnt. Geschweige denn barfuß rennen. Mist: wie sollte sie in ihre Wohnung kommen? Ihre Schüssel waren in der Handtasche, und die hatte sie wie alles andere auf ihrer Flucht zurück lassen müssen. Hoffentlich sah sie niemand, wie sie zu viert im Adamskostüm durch die nächtliche Stadt rannten.

„Da lang!" Johannes bog um eine Hausecke. Die anderen folgten ihm. Nach ein paar Metern hörten sie auf zu rennen. Sabine fand sich in einer engen, kaum beleuchteten Gasse wieder. Hier war sie noch nie gewesen, obwohl sie schon lange in diesem Viertel wohnte. Sie waren alle vier völlig außer Atem. Nach einer Weile wurde Sabine bewusst, wo sie waren: Vor ihnen lag der Hintereingang zu dem Haus, in welchem sich der Laden von Nadine und Johannes befand. Tja, nur leider nutzte ihnen das nichts: Wie sollten die beiden ohne Schlüssel die Tür auf bekommen? Da beobachtete sie, wie Nadine eine vierstellige Tastenkombination in ein Ziffernfeld neben der Tür eingab. Der Türsummer ertönte, sie traten ein. „Welch ein Glück, dass ich so oft den Hausschlüssel verloren habe, bis Johannes das Zahlenschloss eingebaut hat!"

## Chillout

Kurze Zeit später fand sich Michael in einer Wohnküche wieder, die ihn auf Anhieb an die WG erinnerte. Sie ließen sich alle vier erschöpft auf ein großes Sofa fallen. Nur langsam erholten sie sich von ihrem Schreck und den Strapazen der nächtlichen Flucht. Michael blickte Sabine an, die neben ihm auf dem Sofa saß. Sie schien ganz schön fertig zu sein. Er entdeckte Sperma an ihrer Wange, zärtlich wischte er es weg.

„Also ich brauch' jetzt erst mal ein Bier!" Johannes ging zum Kühlschrank und versorgte alle mit einer Flasche. Nadine legte Zigaretten und Feuerzeug auf den Tisch. Alle bedienten sich. Schnell war der Raum erfüllt von Zigarettenrauch. Nach ein paar Schlucken kehrte allgemeine Beruhigung ein.

„Das war aber auch ein Schock!" Nadine lachte. „Morgen steht es in der Zeitung: Gruppensex im Freibad. Polizeieinsatz beendet nächtliche Orgie." Alle lachten. Alle außer Sabine. Michael fand, dass sie ängstlich aussah, irgendwie verstört.

„Guckt mal nach euren Füßen. Nicht, dass jemand irgendwo rein getreten ist." Jeder nahm seine mehr oder weniger schmutzigen Fußsohlen unter die Lupe, offensichtlich war niemand verletzt.

„Was machen wir jetzt mit dem angebrochenen Abend?" Nadine schaute in die Runde. „Wir rauchen erst mal eine Beruhigungstüte. Oder wie wäre es zur

Feier des Tages mit einer Bong?" Johannes verließ kurz den Raum und kehrte mit diversen Rauch-Utensilien zurück.

Michael war ziemlich benommen. Er beobachtete, wie Nadine Musik anmachte. Irgendein Sechzigerjahre-Hippiezeug. Von den sphärischen Klängen wurde Michael noch mehr benebelt. Er begann, doppelt zu sehen, alles um ihn herum verschwamm. Nach einem Zug aus der Bong war es endgültig um ihn geschehen. Seine Augen fielen zu, er war außerstande, sie wieder zu öffnen. Er nahm seine Umgebung nur noch akustisch wahr. Neben der Musik hörte er Stimmen, konnte jedoch das gesagte nicht verstehen. Michael driftete ab in wirre Träume.

Plötzlich wurde er wach, das Sofa unter ihm bewegte sich. Hatte er geschlafen? Es gelang ihm, die Augen einen Spalt zu öffnen. Neben ihm vögelten Johannes und Nadine. Deshalb bewegte sich das Sofa so stark. Ihm wurde schlecht von dem Seegang. Mit einer großen Kraftanstrengung erhob er sich. Er musste jetzt unbedingt die Toilette finden: Seine Blase platzte jeden Moment, und außerdem musste er sich möglicherweise gleich übergeben. „Zum Klo?" – „Zweite Tür links!" antwortete Nadine, während sie weiter ihren Johannes ritt.

Michael schlug die ihm gewiesene Richtung ein. Er fand die Klotür angelehnt vor. Er stieß sie auf – und blickte auf Sabine, die nackt vor der Schüssel kniete und würgende Geräusche von sich gab. „Oh, du arme!" Michael kniete sich neben Sabine und strich ihr die

Haare aus der schweißnassen Stirn. Sabine blickte ihn an und lächelt gequält.

Der Geruch von Erbrochenem stieg Michael in die Nase. Sein ohnehin verkorkster Magen drehte sich augenblicklich um, sein Mageninhalt schoss in einem Riesenstrahl aus seinem Mund. Zum Glück hatte er seit einer Ewigkeit nichts gegessen, die blanke Flüssigkeit kotzte sich relativ leicht. Sein Anblick schien leider nicht wirklich erbaulich auf Sabine zu wirken, ihr ganzer Körper wurde von einem heftigen Würgeanfall erfasst. Ihre Köpfe stießen aneinander. Gemeinsam kotzten sie sich die Seele aus dem Leib.

Nach einer Weile ließen ihre Brechattacken nach. Michael ging es schon wieder viel besser. Sie saßen nebeneinander vor der Schüssel und schauten sich an. Michael entfernte einen Kotzefaden, der aus Nadines Mundwinkel hing. Er versuchte ein Lächeln. „Heute Nacht erleben wir wohl alle möglichen Höhen und Tiefen." Sabine lächelte zurück. „Der Beginn einer wunderbaren Freundschaft." Sie standen beide auf, Sabine drückte die Spülung. Dann gingen sie zum Waschbecken, spülten ihre Münder aus und wuschen sich die Gesichter. Michael stellte fest, wie durstig er war – kein Wunder nach all dem Alkohol, den Drogen, den körperlichen Anstrengungen. Gemeinsam tranken sie von dem Leitungswasser, es tat ihren gequälten Mägen gut.

Michael wankte zurück zur Schüssel und entleerte seine übervolle Blase. Nachdem er fertig war sagte Sabine: „Ich muss auch." Mit dem nackten Rücken an die kalte, gekachelte Wand gelehnt sah Michael Sabine beim Pinkeln zu. Sie lächelte zu ihm empor. „Nach allem, was wir heute zusammen erlebt haben gibt es wirklich keinen Anlass mehr zu falscher Scham." Sabine beugte sich zurück und spreizt die Beine weit, um den Blick auf den Strahl freizugeben, der ihrem Schoß entströmte. Sie nahm Michaels Hand und blickte ihn liebevoll an. Trotz der kalten Wand in seinem Rücken durchströmte Michael ein Gefühl der Wärme. War es Liebe?

„Ich muss jetzt schlafen, kommst du mit?" – „Weißt du, wo's lang geht?" – „Ja, ich war schon mal hier. Komm!"

Sie kämpften sich gemeinsam die Treppe hinauf und gingen in ein kleines Zimmer. Sabine machte sich an einem Klappsofa zu schaffen. Sobald es aufgeklappt war ließen sie sich erschöpft darauf fallen und waren fast im gleichen Augenblick auch schon eingeschlafen.

Nach mehreren Stunden ohnmachtartigen Tiefschlafs fand sich Michael in einer Mischung aus Halbschlaf und Wachzustand wieder. Er sah ein Traumbild vor sich: die Venus von Milo, im schwarzen Spitzen-BH. Dann träumte er, nackt durch die nächtliche Stadt zu laufen. Sein Körper war federleicht, er begann, zu fliegen.

Die Vögel zwitscherten, Michael hörte gleichmäßiges Atmen. Er wachte langsam auf und öffnete die Augen. Tageslicht drang durch das Fenster. Sabine schlief neben ihm, eng an ihn gekuschelt. Nach und nach kamen Michael die Erinnerungen an den vergangenen Abend, zunächst nur bruchstückhaft. Ihm wurde eines klar: Es war die Venus von Milo, die in seinen Armen schlief.

Michael kuschelte sich enger an sie, atmete den Duft ihrer Haare ein.

Michael konnte sich noch bei weitem nicht an alle Details des vergangenen Abends erinnern, an eine Sache erinnerte er sich jedoch genau: Ihre Aussage darüber, ob sie es schlimm finden würde, im Schlaf genommen zu werden. Er hatte ihre Stimme noch im Ohr: „im Gegenteil, ich würde es mir sogar wünschen."

Er streichelte die schlafende Venus. Sie waren sich gestern ziemlich nahe gekommen, miteinander geschlafen hatten sie jedoch noch nicht. Michael war erregt. Erregt von Sabines an ihn gekuscheltem Körper, erregt von den Erinnerungen. Ihr Anblick bei der Morgengymnastik, der erste Körperkontakt beim Frühstück, die heimlichen Zärtlichkeiten unterm Tisch im Biergarten.

Irgendwie ging alles von ganz alleine. Michael war schlaftrunken, von diversen Narkotika des vergangenen Abends immer noch benommen, und wie berauscht von Sabines Nähe. Es war sein Körper, der die Kontrolle übernahm. Machtlos und gleichsam wie ein Außenstehender nahm Michael wahr, was sein Körper tat.

**Der nächste Morgen**

Sabine befand sich wieder in dem langen, düsteren Gang. Sie stand vor dem Bild von den Fabelwesen und Teufeln mit den großen, bizarr geformten Penissen. Plötzlich bewegten sich die Gestalten, das Bild wurde dreidimensional. Die Teufel stiegen aus dem Bild und kamen auf sie zu. Sie umringten Sabine, fassten sie an. Sabine wurde in das Bild hinein gezogen. Sie fand sich inmitten der kopulierenden Teufel und Hexen wieder. Es war heiß. In der schweren, feuchten Luft lag ein modriger Geruch. Sabine war eingezwängt, gefangen zwischen den sich orgiastisch windenden Höllengestalten. Das lüsterne Stöhnen all der Fabelwesen füllte ihren Kopf. Plötzlich hatte sie ein ziehendes Gefühl in ihren Fingern. Sie sah ihre Hände an und erschrak fast zu Tode: Ihre Fingernägel verwandelten sich in zentimeterlange Krallen. Gleichzeitig wurden ihre Brüste größer. Die weiße Bluse wurde immer enger, bis mit einem Mal die Knöpfe absprangen. Ihre Brüste waren auf die doppelte Größe angeschwollen, die Brustwarzen waren mehr als fingerdick. Entsetzt sah Sabine, wie nun auch ihre Vulva gigantische Ausmaße annahm. Sie verwandelte sich in eine Hexe!

Plötzlich sah sie, wie sich die Menge der kopulierenden Fabelwesen vor ihr zerteilte und den Blick auf einen großen, gehörnten Teufel frei gab. Langsam kam er auf sie zu. Seine Beine waren stark behaart, wie bei einem Wolf. Aus dem dichten Fell in seinem Schritt ragte ein Penis von geradezu ungeheuerlicher Größe auf. Sabine wollte weglaufen, doch sie konnte nicht: Ihr Körper war wie gelähmt. Der Teufel kam immer näher, bis er sie schließlich berührte. Er war glühend heiß. Sabine hörte sich selbst laut aufstöhnen, als sein riesiger Penis in sie eindrang und sie innerlich verbrannte.

Sabine wachte auf. Es dauerte eine Weile, bis sie realisierte, was vor sich ging: Sie lag nackt, breitbeinig und laut stöhnend in einem fremden Bett und wurde gevögelt. Es war Michael, ihr neuer Schwarm. Glücksgefühle durchströmten sie. Sie schlang Arme und Beine um ihn und gab sich ganz seinen Beckenstößen hin. Als ihre Finger sich in seine Schultern krallten stellte sie mit großer Erleichterung fest, dass ihre Fingernägel wieder normal waren. Doch die Erinnerung an den Traum war noch präsent, und zwar auf sehr reale Weise. Es fühlte sich an, als wären immer noch all diese kopulierenden Leiber um sie herum, sie hatte das geile Stöhnen noch im Ohr. Als sie wieder den gehörnten Teufel vor sich sah, erbebte ihr Körper in einem mächtigen Orgasmus.

Sie fühlte, wie Michael sich in sie ergoss. Mit einem lang gezogenen Seufzer sank er auf ihr zusammen und war schon kurze Zeit später mit einem glücklichen Lächeln auf den Lippen eingeschlafen.

In diesem Moment wechselte in einem anderen Teil der Stadt ein Briefumschlag den Besitzer.

**Strafe und Geständnisse**

Michael hatte den ganzen Nachmittag im Bett verbracht und sich von den Strapazen der vergangenen Nacht erholt. Es war die Nacht der Nächte gewesen. Michael konnte immer noch kaum glauben, was er alles erlebt hatte. Alkohol, Drogen, Gruppensex, wilde Verfolgungsjagden. Und irgendwie wurde er das Gefühl nicht los, sich Hals über Kopf verliebt zu haben. Genau genommen war dieses Gefühl längst zur Gewissheit geworden: Michael war unsterblich verliebt. Selbst die Erinnerung an die gemeinsame Kotz-Orgie fand er ungeheuer romantisch. Bereits jetzt, nur wenige Stunden, nachdem sie sich von einander verabschiedet hatten, empfand er eine tiefe Sehnsucht nach dieser wunderbaren Frau. Er fühlte sich von ihr so verstanden, so voll und ganz akzeptiert, wie er nun mal war. Mit all seinen Unzulänglichkeiten und kleinen Perversionen. Und er fühlte sich zu ihr hingezogen. Ihr Körper, ihre Stimme, ihr wunderbarer Duft. Die gemeinsamen Erlebnisse, einfach verrückt. Er hörte ihre betörende Stimme in seinem Kopf: „Der Beginn einer wunderbaren Freundschaft."

Michael hörte, wie die Wohnungstür aufgeschlossen wurde. Wiebke. Das Schlagen der Tür riss ihn auf grausame Weise aus seinen Tagträumen und warf ihn erbarmungslos zurück in den Alltag. Das Einerlei der vergangenen Jahrzehnte hatte ihn wieder zurück.

Die Schlafzimmertür ging auf und Wiebke kam herein. „Hey, mein Göttergatte, raus aus den Federn! Jetzt

weht hier wieder ein anderer Wind, mein Lieber." –
„Hallo, Schatz, wie geht's?" – „Ich hab' Riesenhunger.
Wie sieht's aus? Machst du uns ne Fertigpizza?"
Michael quälte sich aus dem Bett und machte sich auf
den Weg in Richtung Küche. „Ich nehme jetzt eine
Dusche. Geh' du so lange einkaufen, und besorg' uns
drei, vier Flaschen Rotwein für heute Abend. Wir
müssen reden." Als Michael sich zum Kühlfach bücken
wollte, um die Pizzen herauszuholen, fühlte er Wiebkes
Hand auf der Schulter. „Komm' mal her, mein Süßer!"
Sie drehte ihn um und zog ihn zu sich heran. Wie
vertraut ihre Umarmung war, und doch ein wenig
befremdend. Nicht die vollbusige, anschmiegsame
Sabine drückte sich an ihn, sondern Wiebke, schlank
und elastisch. Doch die Irritation war schnell verflogen:
schließlich war Wiebke nun mal sein Eheweib, seine
langjährige    Gefährtin.    Er    drückte    ihr    einen
Begrüßungskuss auf den Mund.

Der Duft der Pizzen erfüllte die Küche. „Du hättest ruhig
mal sauber machen können, während ich weg war." –
„Tut mir leid, ich war beruflich so eingespannt." – „Das
habe ich vorhin gesehen." Dass Wiebke selten lachte
bedeutete nicht, dass sie keinen Humor hatte. Doch
meistens ging dieser auf Michaels Kosten. Michael
holte die fertigen Pizzen aus dem Backofen, Wiebke
öffnete die erste Flasche und goss den stierblutfarbigen
Rotwein in zwei große, stilvolle Gläser. Es war ein heißer
Tag, trotz der späten Stunde war Michael auf dem Weg
zum Einkaufen ins Schwitzen geraten. Entgegen ihrer
Gewohnheit hatte Wiebke die Haare nach dem
Duschen nicht zu dem gewohnten strengen Zopf
zusammengebunden. Außerdem trug sie eine kurze

Hose – nackige Beine, ein völliges Novum. Die fransige Jeans war sogar so kurz, dass Wiebkes Hinterbacken unten heraus guckten. Das Ergebnis jahrzehntelangen Trainings: Sowohl Oberschenkel als auch Hintern waren unglaublich knackig. Kein Speck, keine Dellen. Was für tolle Beine sie hatte – auch barfuß, ohne Unterstützung hoher Absätze waren sie perfekt geformt. Michael hätte Wiebkes Hinterseite gerne noch ein wenig länger betrachtet, doch sie drehte sich mit den beiden vollen Weingläsern in den Händen zu ihm um und drückte ihm eines in die Hand. „Prost, mein Süßer. Auf uns!" – „Prost meine Göttin. Schön, dass du wieder da bist." Sie tranken beide einen großen Schluck. „Geiler Arsch übrigens, ich habe ganz vergessen, was du für eine tolle Figur hast." – „War ja klar, dass du nichts anderes im Kopf hast als Frauenärsche. Lass uns essen." Sie nahmen beide Platz und begannen zu essen.

„Mit meinen Eltern geht es immer mehr bergab. Es ist wirklich schlimm anzusehen. Der Vater, fast vollständig gelähmt. Die Mutter, mehr und mehr verwirrt. Sie hatte einen Schwächeanfall, weißt du. Deshalb bin ich so blitzartig verschwunden. Ich musste die beiden letztendlich in ein Pflegeheim stecken. Mutter kann nicht mehr auf sich selbst aufpassen, geschweige denn auf Vater. Du kannst dir vorstellen, welche Dramen sich da abgespielt haben. Mutter hat pausenlos geheult." – „Ich dachte, du wärst gegangen, weil ich…" – „Blödsinn. Wobei: Ich kann so etwas tatsächlich nicht gebrauchen. Wenn du das noch mal machst kann es passieren, dass ich wirklich abhaue. Oder dir die Eier abschneide. Oder beides. Aber lass uns später darüber quatschen."

Sie aßen wortlos ihre Pizza zu Ende. „Erinnerst du dich an den kleinen Park am Flussufer? In dem wir früher oft Abende lang gesessen waren und uns besoffen haben?" – „Die Parkbank? Ja klar. Das waren noch Zeiten." – „Lass uns heute Abend dort hingehen." – „Klasse Idee!" – „Genau. Ist auch von mir. Los, austrinken!" Wiebke teilte den restlichen Flascheninhalt auf, sie tranken ihre Gläser leer.

„Pack' die drei Flaschen ein, Flaschenöffner nicht vergessen. Und nimm' noch ne vierte Flasche mit, bei der Hitze soll man viel trinken." Nachdem Michael eine Jutetasche gemäß Wiebkes Anweisungen gepackt hatte, ging er noch schnell ins Schlafzimmer. Er kramte sein altes Lieblings-Karohemd aus Studententagen hervor und tauschte sein T-Shirt gegen das gute Stück aus. Wenn schon wie in alten Tagen auf der Parkbank herumlümmeln, dann auch stilecht.

„Das Teil hattest du an, als wir uns kennen gelernt haben." – „Ich weiß. Und du hast mich damit an die Klospülung gefesselt." – „Du wolltest ja nicht stillhalten."

„Warte mal." Wiebke ging auch kurz ins Schlafzimmer. Kurze Zeit später kam sie zurück, jetzt mit einem super-knappen, hauchdünnen roten Oberteil bekleidet, bauch- und schulterfrei und hauteng. „Hey, das kenn' ich ja gar nicht." – „Ich hoffe, es gefällt dir." – „Du bist zum Anbeißen!" – „Komm, lass uns gehen."

Es war acht Uhr abends, die Geschäfte schlossen gerade, als sie hinunter zum Fluss gingen. Michael bemerkte die Blicke der letzten Passanten auf seine Frau. Die der Männer lüstern, die der Frauen neidisch. Mit stolz geschwellter Brust trug Michael die Jutetasche neben seiner ihrer Wirkung vollauf bewussten, mit erhobenem Kinn schreitenden Frau her.

Nach einer Viertelstunde waren sie am Ziel angekommen. Sie ließen sich auf der Parkbank nieder, Michael öffnete den ersten Rotwein. Nacheinander nahmen sie einen tiefen Schluck aus der Flasche. Es war alles wie früher. Michael hatte das Gefühl, dass die letzten fünfzehn Jahre nur ein Traum gewesen waren. Das tägliche Einerlei, der Psychoterror auf der Arbeit, die immer wortkarger werdende Beziehung zu seiner Frau. Er grinste seine Wiebke an, legte den Arm um sie.

„Michael, benutze' bitte ein Kondom, wenn du mich das nächste Mal betrügst, ja?" Michael zuckte zusammen, nahm den Arm wieder von Wiebke weg. Die Flasche fiel ihm beinahe aus der Hand. Er wurde kreidebleich.

„Ist schon gut, beruhige dich. Die Menschen – und besonders natürlich Männer – sind nicht für die Monogamie geschaffen. Und wir beide sind nun mal seit fünfzehn Jahren zusammen. Und ja, ich weiß, dass ich manchmal schwierig bin, und dir vermutlich nicht immer das geben kann, was du dir wünschst."

Ein Frachtschiff fuhr langsam an ihnen vorbei. Michael beobachtete das sich drehende Radar auf der Kajüte. Er hatte das Gefühl, als würde sich sein Magen genauso schnell drehen.

„Und übrigens, mein Süßer, hab' ich dich auch schon betrogen. Nur damit du es weißt." Michael fiel die Kinnlade herunter.

„Wusstest du, dass deine Doris den TÜV ein Dreivierteljahr überzogen hat?" Michael umklammerte die Weinflasche so fest, dass seine Knöchel weiß wurden.

„Keine Angst, ich hab' sie nicht aufgeschrieben. Überhaupt ist sie ein nettes Mädel. Dass du allerdings auf Dicke stehst hat mich zunächst etwas aus der Fassung gebracht." – „Wie, du kennst sie?" – „Ich habe mir erlaubt, sie anzurufen. Schließlich ist es mein gutes Recht zu erfahren, mit wem mein Mann mich betrügt. Und es war ziemlich leicht herauszufinden, mit wem du dich an deinem letzten Arbeitstag getröstet hast." – „Du hast sie angerufen?" – „Ja. Ich habe mich sogar mit ihr getroffen. Wie gesagt, sie ist eine ganz nette, ich habe mich gut mit ihr unterhalten. Und ich fand es höchst interessant, was sie mir über dich und die Umstände deines Rauswurfs erzählt hat. Mann, warum hast du mir nie erzählt, was da gelaufen ist?"

Michael war perplex, völlig durch den Wind. Er schaute dem Schiff nach, das langsam hinter der Flussbiegung verschwand.

„Ich wollte nicht lamentieren, wollte keine faulen Ausreden bringen. Außerdem war ich so überzeugt, dass du mich verachtest, weil ich arbeitslos geworden bin, egal warum." – „Mann, es werden am laufenden

Band Leute entlassen, aus den unterschiedlichsten Gründen. Das ist keine Schande, nie und nimmer. Ich wollte dich doch nur ein wenig provozieren. Dich dazu anspornen, dir schnell was Neues zu suchen. Wirke ich wirklich so herzlos auf dich?" – „Manchmal schon, ja."

Wiebke zündete sich eine Zigarette an. Nachdenklich schaute sie auf den Fluss. „Ja, ich weiß. Und ich weiß auch, dass ich dich unter anderem damit in die Arme fremder Frauen getrieben habe."

„Wie, du hast mich auch betrogen?"

Wiebke zog an der Zigarette, ihre Hand zitterte. „Gib mir noch nen Schluck." Michael reichte ihr die Flasche, Wiebke trank.

„Es war das Abenteuer. Der Reiz des fremden, des verbotenen." Wiebke nahm noch einen Schluck. „Auf jeden Fall nichts ernstes, da kannst du beruhigt sein. Genau genommen war er ein Kotzbrocken. Ein reicher Schnösel, der seinen Porsche im Halteverbot abgestellt hat. Du kennst doch diese Typen, die ihren Schwanzersatz auf Rädern immer direkt vor dem Café abstellen müssen, um sich wichtig zu machen. Ich habe ihn aufgeschrieben. Da kam er aus dem Café heraus und wollte Diskussionen mit mir angefangen. Selbstverständlich bin ich hart geblieben. Ein paar Tage später hat er mich auf der Dienststelle angerufen und zum Essen eingeladen. Ich habe ja gesagt."

Wiebke schnipste die Zigarettenkippe in den Fluss.

„Es war eine andere Welt. Reichtum, Luxus, du verstehst. Er hat mich in seine Villa eingeladen. Heiße Partys, weißt du. Ihm hat es imponiert, dass ich ihm, dem reichen, mächtigen Banker, gezeigt habe, wo es lang geht. Und mir hat es Spaß gemacht und unglaublichen Auftrieb gegeben, einen so einflussreichen Mann vor mir im Staub kriechen zu lassen. Du kennst ja meine – Neigung."

Wiebke legte ihre Hand auf Michaels Knie.

„Der Sex war übrigens mehr als jämmerlich. Ein Zwergpimmel, wenn ich das so sagen darf. Da bin ich etwas anderes gewohnt, etwas ganz anderes."

Wiebke küsste ihn auf die Wange.

„Wir zwei haben uns einfach zu früh kennen gelernt. Du warst mein erster Mann. Und du hast vor mir auch nicht wirklich ein ausschweifendes Leben geführt. Wir haben uns nie ausgetobt, das ist das Problem."

Michael nickte nachdenklich.

„Jetzt erzähl' ich dir mal etwas. Das hätte ich vielleicht schon viel früher tun sollen. Mein Vater hat meine Mutter – wie soll ich sagen – ein Leben lang misshandelt. Du erinnerst dich sicher daran, dass meine Mutter ihn nach seinem Schlaganfall so schlecht behandelt hat? Ihm seine Medizin nicht gegeben hat und so weiter? Das war ihre späte Rache. Die Rache für seine lebenslange Gewalttätigkeit. Wie auch immer. Sicherlich kannst du dir vorstellen, dass es nicht ohne

Wirkung auf ein kleines Mädchen bleibt, wenn der Vater die Mutter am laufenden Band schlägt und sie immer wieder vergewaltigt. Stell' dir die nächtlichen Schreie aus dem elterlichen Schlafzimmer vor. Stell' dir vor, regelmäßig Zeuge zu werden, wie der Vater die Mutter windelweich prügelt. Das Ergebnis war, dass ich mir geschworen habe, mich nie, nie misshandeln zu lassen. Deshalb hatte ich lange Zeit keinen Freund. Bis ich dich kennen gelernt habe: Den schüchternen, zurückhaltenden Jungen, der so gut ausgesehen hat. Und natürlich noch aussieht, Tschuldigung. Ich hatte sofort das Gefühl, ja die Gewissheit, dass du mich nie misshandeln würdest. Deshalb habe ich dich sofort gekrallt und nie wieder losgelassen, mein Süßer. Und um gleich für klare Verhältnisse zu sorgen hab' ich dich noch am ersten Abend auf dem WG-Klo vergewaltigt, du erinnerst dich."

Ein Pärchen flanierte vor ihnen am Ufer vorbei. Wiebke hielt so lange inne, bis die beiden vorbei waren.

„Vielleicht verstehst du jetzt, warum ich immer oben liege, du weißt schon. Und vielleicht verstehst du jetzt auch, warum du nie mehr so etwas tun darfst, du weißt was ich meine. Ich ertrage das nicht. Ich weiß, es ist ein wenig ungerecht: Ich mache schließlich mit dir auch, was ich will. Ich schikaniere dich herum und dominiere dich. Aber ich kann nicht anders."

Michael nahm Wiebkes Hand. Schweigend schauten sie aufs Wasser.

„Und nein, ich verachte dich nicht. Egal, was passiert, hörst du? Wieso sollte ich auch: du bist ein toller Mann. Ich liebe dich. Und zu der Sache mit deiner Arbeit: Meinst du wirklich, dass ich, die Politesse, auf dich herab schaue, weil du – nach jahrzehntelangem Kampf – mal eine Schlacht verloren hast? Wenn hier jemand der Versager ist, dann ich: Du weißt doch, dass ich mal Jura studiert habe. Ich war so gut wie fertig, kurz vor dem ersten Staatsexamen. Und ich war im Prinzip gut auf die Prüfungen vorbereitet, sehr gut sogar. Nur leider…

Wiebke zündet sich noch eine Zigarette an.

„Nur leider habe ich eine ziemlich üble Depression bekommen. Ich war so lustlos, so gelähmt. Völlig unfähig, die Prüfungen anzutreten. Ich habe tagelang das Bett nicht verlassen, so schlapp war ich. Ich war fast ein Jahr lang zu Hause rumgehangen. Dann habe ich mich irgendwie aufgerafft und den Job als Politesse angenommen. Natürlich nur vorübergehend, das war der Plan. Wie du weißt bin ich bis zum heutigen Tag dabei hängen geblieben. Ich habe mich nie getraut, das Studium wieder aufzunehmen. Bis heute. Und was die Depression betrifft: Erst nachdem ich dich kennen gelernt habe, bin ich wieder einigermaßen klar im Kopf geworden. Du bist meine Medizin, ich brauche dich.“

Wiebke trank die Flasche leer, Michael öffnete die nächste und nahm ebenfalls einen kräftigen Schluck. Er musste das eben gehörte erst einmal verdauen. Seine Frau, seine Beziehung, das ganze Leben erschienen plötzlich in einem ganz anderen Licht. Mit zitternden

Händen zündete er sich eine Zigarette an. Wiebke, die er bis vor wenigen Stunden für eine von Natur aus böse Frau gehalten hatte, war also in Wahrheit ein Opfer. Ein Opfer häuslicher Gewalt des Vaters gegen die Mutter. Und sie verachtete ihn nicht. Hatte sogar unglaublich viel Verständnis für ihn. Viel mehr als so manche andere Frau. Sie liebte ihn sogar.

Die Liebe. Hatte er sich nicht erst in der vergangenen Nacht in eine andere verliebt? Ziemlich heftig sogar? Michael hatte Schuldgefühle, schämte sich. Wiebke hatte ihm bis zum heutigen Tag kein Wort von ihrer Vergangenheit erzählt, von ihren Problemen. Aber er hatte auch nie nachgefragt. Nie nachgedacht. Sie hatten einfach neben einander her gelebt. Bis er in den Armen seiner Nachbarin gelandet war. Und sich in sie verliebt hatte. Na ja, zumindest ein bisschen verknallt. Michael war völlig verwirrt.

Apropos Schuldgefühle: Hatte Wiebke ihm nicht vorhin gestanden, ihn auch betrogen zu haben? War sie verknallt in diesen anderen? Bis zum heutigen Tag hatte er ernsthafte Zweifel, ob sie überhaupt zu solch einem edlen Gefühl in der Lage war. Bis er soeben die sensible Seite an seiner Frau entdeckt hatte. Sie hatte sich abfällig über die sexuellen Eigenschaften dieses ominösen Mannes geäußert. War das nur eine Lüge mit dem Ziel, ihn zu beruhigen? War er in Wahrheit ein leidenschaftlicher Liebhaber, der sie regelmäßig um den Verstand vögelte? Hm, angesichts Wiebkes Neigungen war die Wahrheit wohl eher, dass sie ihn regelmäßig um den Verstand prügelte. Besser ihn als mich, dachte Michael.

Vielleicht war es keine schlechte Idee, sich mit der Situation zu arrangieren. Weniger Prügel einstecken und stattdessen andere Frauen vernaschen. Nachbars Kirschen sind nun mal die besten. Wie war das? Der Mensch ist nicht für die Monogamie geschaffen? Wie Recht sie hatte. Wiebkes Realitätssinn war einfach entwaffnend.

„Du bist so still?" – „Ich muss das erst mal alles verdauen."

Mittlerweile war die zweite Flasche leer, es wurde langsam dunkel. Michael öffnete die dritte Flasche und sagte: „Gäbe es denn eine Möglichkeit, dein Studium wieder aufzunehmen? Stell dir vor, jede Menge knackige, junge Studenten. Williges Frischfleisch…"

„Gib mir nen Schluck!" Wiebke trank einige Schlucke, stellte die Flasche auf den Boden, gab einen lauten Rülpser von sich und antwortete: "Vergiss die knackigen Studenten, jetzt bist erst mal du fällig. Los, zieh' dich aus!"

Wiebke erhob sich, stellte sich vor Michael und zog ihre kurze Hose aus. „Na wird's bald!" Michael beeilte sich, seine Hose zu öffnen und in die Kniekehle zu schieben. Er fühlte das raue Holz unter seinem Hintern. Mit großen Augen betrachtete er seine Frau. Nur mit dem knappen Oberteil und Schuhen bekleidet sah sie wunderschön aus, wie sie in der Abenddämmerung so vor ihm stand. So lange, schlanke Beine. Die schmale

Taille. Ihre nackte Möse, die ihn, wie er wusste, gleich malträtieren würde.

Wiebke setzte sich rittlings auf Michael. Sie schob ihre langen Beine links und rechts von ihm unter der Lehne der Bank durch. Dann riss sie sein gutes Karohemd auf, so dass die Knöpfe davon flogen. Sie warf ihm dabei einen animalischen Blick zu. Dann schob sie das offene Hemd nach hinten über seine Schultern, und noch weiter, bis es nur noch an seinen Unterarmen hing. Anschließend beugte sie sich zurück, zog seinen Oberkörper an den Schultern zu sich her, hob seine in dem Hemd feststeckenden Unterarme hinter ihm hoch und bugsierte sie über die Lehne. Dann drückte sie seinen Oberkörper wieder nach hinten. Er war jetzt völlig bewegungsunfähig: Die Arme hinter der Lehne gefesselt, sein Leib vom eisernen Griff ihrer muskulösen Oberschenkel umschlossen. „Jetzt gehörst du mir!"

Er fühlte einen harten Griff um seine Eier. Mit der anderen Hand griff sie in sein Haar und zog seinen Kopf unwirsch nach hinten. Es folgte ein ungestümer Kuss. Brutal drang ihre Zunge in seinen Mund ein, die Hand an seinen Eiern drückte erbarmungslos zu. Ein grausamer Schmerz durchfuhr ihn, ihr gieriger Kuss unterdrückte seinen Schmerzensschrei. Michael war bis in die letzte Faser seines Körpers erregt. Diese Frau ist eben doch der absolute Wahnsinn. Der grausame Griff um seine Eier löste sich, ihre Hand führte seinen Schwanz zu ihrer Möse. Mit einem heftigen Ruck drängte sie ihren Unterkörper vor, so dass er tief in sie eindrang. Es war viel zu trocken und brannte fürchterlich. Nach mehreren ihrer harten Beckenstöße ließ der brennende Schmerz langsam nach, die Nässe ihrer Möse ließ ihn jetzt mühelos gleiten. Sie fickte ihn wie ein wildes Tier.

Plötzlich spürte Michael einen stechenden Schmerz an seinem Hintern. Mit jeder ihrer ruckartigen Bewegungen wurde er schlimmer. Es schien ein Spreißel der alten Bank zu sein, der direkt neben seiner Rosette in die Haut eindrang. Wiebkes ungestümer Kuss dauerte immer noch an. Michael konnte also weder etwas sagen, noch sich anders hinsetzen. Hilflos wand er sich in Wiebkes eiserner Umarmung. Er war völlig machtlos. Als der Schmerz unerträglich wurde, biss er die Zähne zusammen. Voll auf Wiebkes Zunge. Sie knurrte ihn böse an und gab ihm eine schallende Ohrfeige, die ihn Sterne sehen ließ. Er fügte sich in sein Schicksal und erduldete den Schmerz.

Michael fand es jedes Mal aufs Neue unglaublich, wie enthemmt sich seine sonst so beherrschte Frau beim Sex gehen ließ. Es war so, als würde jemand einen Schalter umlegen. Zum Glück dauerten Wiebkes Vergewaltigungsattacken selten lange. Orgasmusprobleme waren für sie ein absolutes Fremdwort. Sie steigerte sich so rein in ihre Lust, dass sie schon nach kurzer Zeit zum Höhepunkt kam. So auch diesmal. Michael fühlte, wie ihre Möse sich mehr und mehr verengte. Ihr Griff in sein Haar wurde schmerzhafter, die Zunge in seinem Mund drängender. Mit der freien Hand griff sie nach seinem Hals und würgt ihn. Michael bekam keine Luft mehr. Er erschrak: wollte sie ihn am Ende doch umbringen? Michael leistete keine Gegenwehr, es wäre angesichts ihrer körperlichen Überlegenheit ohnehin aussichtslos gewesen. Er fühlte, dass er auch gleich kommen würde. Unfassbar, welche Macht diese Frau über ihn hatte. Sie fügte ihm grausamste Schmerzen zu, und gleichzeitig schenkte sie ihm größte Lust. Wiebkes auf seine Lippen gepresstem Mund entfuhr ein Lustschrei, gleichzeitig massierte ihre Möse seinen Schwanz mit kräftigen Zuckungen. Michael spritzte ab. Für einen Moment waren alle Schmerzen vergessen, sein ganzer Körper war erfasst vom Orgasmus. Nach ein paar letzten, verzweifelten Beckenstößen entspannte sich Wiebkes Körper. Ihr Griff um seinen Hals löste sich, ihre Lippen geben seinen Mund frei. Michael schnappte gierig nach Luft.

Nach einer Weile fädelte Wiebke ihre Beine unter der Lehne hervor und stand auf. Sie zündete sich eine Zigarette an. Michael betrachtete ihre Silhouette im Mondlicht, er war immer noch ganz platt.

„Magst du nicht aufstehen?" – „Ich kann nicht. Ich hab' einen Spreißel im Arsch. Wenn ich mich bewege tut es furchtbar weh." – „Tja, dann bleib' mal schön so sitzen und denk' über deine Schandtaten nach!"

Michael saß reglos in seiner entwürdigenden Körperhaltung auf der Bank, nackt und gefesselt.

„Magst du mal ziehen?" Wiebke hielt die Zigarette an Michaels Mund. Als er sie zwischen die Lippen nehmen wollte zog sie sie ein Stück zurück und lachte. Michael wollte die Zigarette schnappen und beugte sich ein Stück vor. Sofort durchfuhr ihn ein grausamer Schmerz.

175

„Wiebke, hilf mir!" Einen Moment später fügte er hinzu: „Bitte!"

„Na gut." Sie ging um die Bank herum und befreite ihn von seinem Karohemd. Vorsichtig stand Michael auf. Der Schmerz ließ sofort nach. Er drehte sich um und nahm die Bank in Augenschein. „Leuchte mal." Wiebke kramte aus der am Boden liegenden Jutetasche ihr Feuerzeug heraus und leuchtete. Tatsächlich stand ein fieses Stück Holz senkrecht aus der Bank hervor. Es war nass. Offenbar Blut.

„Zeig mal deinen Hintern, los, bück' dich!" Michael beugte sich über die Bank und stützte sich auf der Lehne ab. Wiebke macht das Feuerzeug hinter ihm an und betastete seinen Allerwertesten. „Weiter runter, ich sehe nichts!" Michael ging in die Hocke. Plötzlich fühlte er einen kurzen, heftigen Schmerz. „Da war noch ein Stück Bank in deinem Arsch. Ich glaube, ich habe alles erwischt. Geh' mal noch weiter runter." Nach kurzem Zögern kniete Michael vor die Bank – vorsichtig, um sich nicht auch noch an den Knien zu verletzen – und stützte sich auf der Sitzfläche ab. Er wand den Kopf nach hinten und sah Wiebke fragend an. Die richtete sich hinter ihm auf, kam näher und stellte sich breitbeinig über seinen Arsch.

Ihr warmer Urinstrahl traf direkt auf seine Wunde. Es brannte fürchterlich. „Ich mache das aus drei Gründen: Weil es desinfiziert, weil du es verdient hast, und weil du darauf stehst!"

Der Strahl wanderte seinen Rücken hinauf. Michael sah ihn von unten im Mondlicht glitzern. Sein ganzer Rücken war nass von der warmen Pisse. Schon hatte der Strahl seinen Hals hinter sich gelassen und traf seitlich auf sein Kinn. „Los, trink!" Michael tat wie ihm geheißen und ließ den Urin in seinen Mund plätschern. Gerade, als sein Mund voll war versiegt der Strahl.

Dass Wiebke ihn regelmäßig schikanierte, misshandelte und demütigte war schlimm genug. Das jedoch hätte nun wirklich nicht auch noch sein müssen. Michael war wütend. Er erhob sich langsam mit vollem Mund, drehte sich zu ihr um und spuckte ihr den Inhalt seines Mundes mitten ins Gesicht.

Wiebke stand da wie ein begossener Pudel. Ihr Gesicht, ihre Haare und ihr halber Oberkörper waren voller Pisse. Im ersten Moment war sie perplex. Michael stellte vergnügt fest, dass sie völlig aus der Fassung war. Dann setzte sie zu einem Schrei an, ihre Hand holte zum Schlag aus. Doch dann sank ihre Hand wieder herunter, ihr Körper entspannte sich. Kopfschüttelnd sagte sie: „Du Schwein!" Sie grinste. Er grinste auch. „Selber Schwein!" Sie fingen beide an zu lachen. „Komm her, Süßer!" Sie umarmten sich. „Geht's wieder mit deinem Hintern?" – „Schon viel besser." – „Hat die Behandlung gut getan, ja?" – „An dir ist eine gute Krankenschwester verloren gegangen." Michael reichte ihr sein Karohemd. Sie trocknete erst sich damit ab, dann ihn. An seinem Hintern war sie besonders vorsichtig. „Du bist ja wirklich die Fürsorglichkeit in Person." – „Du kannst dich gleich dafür revanchieren." –

„Wie denn?" – „Indem du mir die Muschi leckst. Aber vorher trinken wir!"

Wiebke machte Anstalten, sich zu setzen. Michael hielt sie zurück. „Moment!" Er riss das hervorstehende Stück Holz ab und breitete sein nasses Karohemd über die Sitzfläche. „Bitte!" – „Danke, sehr aufmerksam." Sie setzten sich und sprachen dem Rotwein zu. „Hoffentlich beobachtet uns niemand." meinte Michael nach einer Weile nachdenklich. „Wieso? Gib's doch zu, das würde dir insgeheim gefallen!" – „Ich weiß nicht, dir?" – „Du stellst zu viele Fragen. Los, du hast noch einen Auftrag auszuführen!" Wiebke schob demonstrativ ihren nackten Unterkörper nach vorn und spreizte die Beine.

Michael stand auf und kniete zwischen Wiebkes Beinen nieder. Er begann, sie langsam und genüsslich zu verwöhnen.

„Vielleicht hast du Recht, und ich sollte mir Gedanken machen, wie es beruflich weiter geht. Egal, ob ich Jura fertig studiere oder etwas anderes mache. Mein jetziger Job kotzt mich an. Genau genommen beneide ich dich dafür, dass du zumindest im Moment deine Ruhe vor der Arbeit hast."

„Super Idee. Meine Unterstützung hast du." – „Halt den Mund und mach weiter!" Wiebkes Hand drückte seinen Kopf sanft aber bestimmend in ihren Schritt.

Sie zündete sich eine Zigarette an. „Es ist ein weit verbreitetes Phänomen, dass Menschen, die ihr Leben lang nicht wirklich etwas zu sagen haben, plötzlich anfangen, ihre Mitmenschen zu drangsalieren und zu kontrollieren. Zum Beispiel überwachen, ob die Nachbarn am Samstag Mittag die Straße anständig kehren. Ich habe Angst, irgendwann so ein Kehrwochenweib zu werden. Und durch den miesen Politessen-Job potenziert sich das Risiko noch. Außerdem ist das Renommee dieses Jobs ziemlich überschaubar. Und als Lebensaufgabe ist das auch nur bedingt geeignet. Jaaaa, das ist gut! Mach' weiter!"

Mit fleißiger Zunge brachte Michael seine Frau zum Höhepunkt. Mittlerweile hatte er sich von den Schmerzen erholt und war wieder ziemlich erregt. Er erhob sich auf den Knien und drang in Wiebke ein. „Ja, los, besorg's mir. Fick mich, das willst du doch!"

Michael griff nebenher nach der Weinflasche und spülte Wiebkes leckeren Liebessaft hinunter. Interessant, welche Ausscheidungen seiner Frau er heute schon genießen durfte. Dann machte er sich an Wiebkes Oberteil zu schaffen. „He, lass das!" Wiebke schlug energisch seine Hände weg. „Warum eigentlich? Ich will aber!" Eine Weile rangelten sie und zogen das Oberteil in verschiedene Richtungen. Dann gab Wiebke nach und ließ ihn gewähren. Er streifte das Teil nach oben und machte sich mit Mund und Händen über ihre Brüste her. Wie lange hatte sie ihm das verwehrt? Und vor allem, warum? Sie waren etwas größer, als er sie in Erinnerung hatte. Und ja: ein klein wenig weicher als früher. Keineswegs als schlaff zu bezeichnen, jedoch nicht mehr ganz so straff und fest. Allerdings immer noch der Wahnsinn. Ha! Sie hatte Komplexe! Sie schämte sich! Aber warum vor ihm? Michael konnte

179

den Gedanken nicht weiter verfolgen. Seine Aufmerksamkeit richtete sich voll und ganz auf das Geschehen. Welch ein Hochgefühl, seine Frau ficken zu dürfen, und nicht immer nur von ihr gefickt zu werden. Er sog gierig an ihren Titten. Endlich gehörte seine Frau voll und ganz ihm. In einem berauschenden Orgasmus ergoss er sich in sie.

Erschöpft sank er nach vorn und schmiegte sein Gesicht an ihren Busen. Was für ein Genuss. Nach einer Weile meinte Wiebke: „Komm hoch, setz' dich zu mir! Und nimm mal deine Frau in den Arm." Er stand auf, setzte sich neben sie und zog sie sanft zu sich heran. Sie kuschelte sich an seine Schulter.

„Du bist heute so anders, so anschmiegsam. Was ist los?"

Sie zögerte. „Hm, vielleicht musste erst so etwas passieren. Du weißt schon, das allgemeine Fremdgehen. Mir ist dadurch irgendwie bewusst geworden, dass zwischen uns etwas fehlt. Und dass ich der Grund bin."

„Du hast doch vorhin selbst gesagt: Der Mensch ist nicht für die Monogamie geschaffen." – „Ja, das kommt erschwerend hinzu." Sie seufzte. „Michael, ich habe in letzter Zeit manchmal Angst, dass es mit uns zu Ende gehen könnte. Das würde ich nicht verkraften." – „Ich erst Recht nicht! Ich will doch mit dir zusammen sein. Ich liebe dich!"

War er nicht heute Morgen noch in eine andere verliebt gewesen? War das eben nur ein Lippenbekenntnis? Nein. Er liebte sie. Von ganzem Herzen, und so, wie sie war.

„Mach dir keine Gedanken, Wiebke, ich gehöre dir. Und ich werde dich auch nie mehr betrügen." Der zweite Satz hatte sich beim Aussprechen irgendwie hölzern angefühlt. „Du bist süß. Aber mach' bitte keine Versprechungen, die du nicht halten kannst." – „Du willst dir nur die Option offen halten, selbst fremd zu gehen!" – „Erzähl keinen Quatsch." – „Der Mensch ist nicht für die Monogamie geschaffen, ich zitiere." – „Lass' uns damit aufhören. Es ist so ein wunderschöner Abend."

Sie saßen noch eine ganze Weile zusammen auf der Parkbank. Unterhielten sich über alte Zeiten. Darüber, wie oft Michael schon neue Knöpfe an sein Karohemd nähen musste. Dann machten sie Pläne für die Zukunft. Was sie beruflich noch so alles anstellen könnten. Und ganz zum Schluss gab es eine Premiere: Zum ersten Mal – und laut ihrer Aussage auch zum letzten Mal – blies Wiebke ihm einen.

Nachdem sie tatsächlich alle vier Flaschen geschafft hatten, torkelten sie im Morgengrauen nach Hause.

**Beweisfotos**

„Guten Morgen, mein Süßer!" Michael schlurfte, nur mit einer ausgeleierten, halb herunter gerutschten Unterhose bekleidet, in die Küche. Er war noch ziemlich matt und taub in der Birne. Wiebke saß in weißem Top und weißem Slip am Küchentisch. Die weiße Wäsche bildete einen tollen Kontrast zu ihrer gebräunten Haut. Sie legte die Zeitung beiseite und stand auf. „Zeig' mir mal dein Kriegsleiden!" Michael beugte sich über den Tisch, Wiebke zog seine Unterhose runter und untersuchte seinen geschundenen Hintern. „Sieht schon viel besser aus. Tut's noch weh?" – „Geht schon." Sie hatte seine Wunde nach ihrer Heimkehr noch mit reichlich Desinfektionsmittel eingerieben. Michael erinnerte sich noch lebhaft an diese schmerzhafte Prozedur. Er zog die Unterhose hoch und fläzte sich auf einen Stuhl. „Du siehst fertig aus. Hast wohl 'ne lange Nacht hinter dir?" – „Oh, ja. Ich hab' die ganze Nacht gesoffen und gepimpert. Mit der geilsten Frau der Welt. Und du?" – „Ich hab' meinem Ehemann das Hirn rausgevögelt. Kaffee?" Sie stellte ihm eine Tasse hin und schenkte ein. Schon wieder eine Premiere: Normalerweise war er es, der sie bediente. Dass sie hiervon angesichts seines geräderten Zustandes eine Ausnahme machte gab's bis jetzt noch nie.

„Schau mal. Da ist ein Brief für dich gekommen." Sie schob ihm einen braunen DIN A4-Briefumschlag über den Tisch. Er fokussierte seinen noch getrübten Blick auf den Umschlag. Kein Absender. Der Umschlag war ziemlich dick. Er öffnete ihn ungeschickt, die Hand-

182

Auge-Koordination war vom Restalkohol noch ein wenig in Mitleidenschaft gezogen.

Michael zog den Inhalt aus dem Umschlag und erstarrte. „Was ist?" Wiebke schaute ihn fragend an. Michael schaute fassungslos auf eine Fotografie. Eine Fotografie, die seine nächtliche Flucht aus dem Schwimmbad zeigte. Vier nackte Gestalten, die im Licht einer Straßenlaterne durch eine nächtliche Straße rannten. Sehr gut getroffen, gestochen scharf. Er sah das nächste Bild an: Die gleichen vier Gestalten. Diesmal auf der Liegewiese im Mondschein. Beim Gruppensex. Das nächste Bild: Alle vier nebeneinander auf dem Sofa in der verräucherten Küche. Johannes zog gerade an der Bong. Offenbar durchs Fenster aufgenommen. Und das nächste Bild: Gleiche Perspektive, diesmal zog jedoch Sabine an der Bong, Michael lag mit dem Kopf im Nacken schlafend daneben, und Nadine ritt Johannes. Man konnte deutlich Johannes' Schwanz erkennen, der zur Hälfte in Nadine steckte.

Michael wurde kreidebleich. „Los, zeig' mal her!" Wiebke langte über den Tisch und griff nach den Beweisfotos. Michael folgte erst dem Impuls, sie ihr nicht zu geben und umklammerte sie fest. Doch dann fügte er sich in sein Schicksal und ließ los.

Jetzt war es Wiebke, die erstarrte. Minutenlang schaute sie mit großen Augen auf die Bilder.

„Mann, Mann, Mann!"

Michael schämte sich in Grund und Boden. Ihm kullerten Tränen übers Gesicht.

„Es, es tut mir so leid! Wiebke, bitte verzeih mir!"

„Mann, Mann, Mann!"

Wiebke, ich fleh' dich an! Verzeih mir, bitte!"

„Die großbusige ist doch unsere Nachbarin, oder? Mein Mann steht also auf Turbo-Titten! Und wer sind die zwei Hippies?"

„Denen gehört der Trödelladen an der Hauptstraße." Michael stand auf, ging um den Tisch und kniete neben seiner Frau nieder. „Es hat sich so ergeben, glaub' mir. Das war nicht geplant." – „Schon klar, du hast mich also ganz aus Versehen betrogen. Mit drei Leuten gleichzeitig."

Michael schlang die Arme um ihre Waden. Er bückte sich ganz tief hinunter und küsst ihre Füße. Voller Inbrunst. Seine Tränen tropfen auf ihre Füße.

Wiebke lehnte sich zurück und zündete sich eine Zigarette an. Nachdenklich musterte sie den vor ihr auf dem Bauch liegenden Michael, dessen heiße Tränen über ihre Füße rannen.

„Ist schon gut. Jetzt hör' auf,  meine Füße voll zu heulen und steh' auf." Michael schaute fragend zu ihr auf. „Die Frage ist doch eher, wer hat diese Fotos gemacht? Das war kein Amateur, die Bilder sind gestochen scharf. Das ist gar nicht so leicht, vor allem in der Nacht. Das muss ein Profi gewesen sein."

Michael stand auf, stellte sich neben Wiebke und schaute über ihre Schulter auf die Bilder. Plötzlich ließ ihn ein furchtbarer Schmerz in die Knie sinken: Wiebke hatte ihm mit voller Wucht auf die Wunde an seinem Arsch geschlagen. Drei heftige Ohrfeigen folgten: links, rechts, links.

„Ich wollte mir ja ohnehin die Titten machen lassen. Ich werde sie mir wohl nicht nur straffen, sondern auch vergrößern lassen müssen. Weil mein Mann auf Monstertitten steht."

„Wie, du willst dir die Brüste operieren lassen? Nein, bitte nicht!" Wiebke deutete auf das Bild, auf dem sie zu viert durch die Nacht rannten. Man sah Sabines Riesen-Vorbau förmlich im Takt ihrer Schritte hin und her schwingen. „Das ist doch der Beweis, dass es bitter nötig ist!" Wiebke kullerte eine Träne über die Wange.

Michael stand wieder auf. „Wenn du aufhörst, mich zu schlagen, erzähl' ich dir was dazu." Wiebke schaute ihn fragend an. „Du hast doch gestern gesagt, dass dein momentaner Bettgefährte einen Zwergpimmel hat. Bedeutet das, dass ich mir jetzt den Schwanz verkleinern lassen muss?" Wiebke lachte unter Tränen. „Du solltest ihn dir besser ganz abschneiden lassen, damit du nicht mehr so viel rumvögelst!" - „Ist es wirklich das, was du willst?" − „Nein, natürlich nicht. Aber verdient hättest du's." Michael schaut traurig zu Boden. „Aber du hast mich doch auch beschissen. Mit einem devoten Zwergpimmel-Millionär." – „Mit einem devoten Zwergpimmel-Millionär und seinen drei Freunden." antwortete Wiebke trotzig. Sie holte aus, um ihm mit der Faust in die Eier zu schlagen. Michel zuckte zusammen und hielt schützend die Hände vor sein Gemächt. Wiebke ließ die Hand jedoch wieder sinken und schüttelte den Kopf. „Scheiß Rumgeficke!"

„Du solltest deine Fickmaus anrufen und fragen, ob sie auch Post bekommen hat." – „Du meinst Monstertitte?" – „Arschloch, blödes!"

Michael machte sich auf den Weg, um sein Handy zu holen. Im Türrahmen hielt er inne, drehte sich kurz um und sagte: „Wiebke, lass' dich bitte nicht operieren. Nachdem du mir seit gestern endlich wieder Zugang zu deinen Brüsten gewährst möchte ich sie so genießen, wie sie sind. Und sie sind richtig, richtig schön!"

Er kam mit seinem Handy zurück in die Küche und setzte sich. „Drei Nachrichten. Von Sabine. Sie hat wohl auch die Beweisfotos bekommen." – „Gib' her!" Wiebke nahm ihm das Handy ab drückte auf Rückruf.

„Hallo, ist da die Frau, die es mit meinem Mann treibt? Ja genau. Wiebke mein Name. Ich bin die gehörnte Ehefrau. Bitte? Spar' dir das Lamentieren und komm' rüber. Wir müssen reden. Ja, jetzt sofort." Wiebke legte auf.

Michael war blass. „Bitte, tu ihr nicht weh!" – „Nein, du Angsthase, ich tu deiner Gespielin nichts. Ich bin doch keine Spielverderberin."

186

Er machte Anstalten, aufzustehen. „Hey, wo willst du hin? Hier geblieben!" – „Ich wollte mir was anziehen." – „Blödmann, tu nicht so scheinheilig. Sie kennt dich schließlich in- und auswendig. Oder hast du etwa Angst, sie könnte deine jämmerliche Gestalt bei Tageslicht sehen?" Michael blieb sitzen. „Sei nicht so gemein." – „Ich muss mich schließlich schämen. Wenn du jede zweite Frau bespringst und dich nackt fotografieren lässt macht es schließlich irgendwann die Runde, was für ein muskelloser Jammerlappen du bist. Schau dir das an, nur Haut und Knochen!" sie deutete auf die Bilder. „Das fällt alles auf mich zurück. Man denkt, ich hätte keinen Geschmack. Wenn du weiter so rumvögelst gehst du gefälligst ins Fitnessstudio, hörst du?"

Es klingelte an der Tür. Wiebke stand auf und ging in Richtung Tür. „Bleib sitzen, ich mach das."

Kurze Zeit später kam sie zurück, gefolgt von Sabine. Die schaute betreten zu Boden.

„Kaffee?" – „Hm." Sabine setzte sich auf den Stuhl, der am weitesten von Michael entfernt war. „Na los, fallt euch ruhig um den Hals. Ich kann das verkraften." Wiebke knallte eine Kaffeetasse vor Sabine auf den Tisch und schenkte ein. Sabine zuckte zusammen. „Es tut mir so leid..." Sabine schaute die Kaffeetasse an. Sie ließ die Schultern hängen, ihre Hände lagen in Ihrem Schoß. „Spar' dir das Gesülze. Michael ist volljährig – auch wenn er sich selten so verhält – und kann tun und lassen, was er will." Wiebke setzte sich neben Michael und legte die Hand um seine Schultern. „Wir führen eine offene Beziehung." Michael schaute sie verwundert an. Wiebke küsste ihn auf den Mund.

„Er sollte mal ins Fitnessstudio gehen, findest du nicht auch? Früher hatte er einen Waschbrettbauch. Das ist lange her, leider."

Betretenes Schweigen. Sabine trank aus ihrer Kaffeetasse.

Wiebke zündete sich eine Zigarette an. „Wovor seid ihr eigentlich weggelaufen?" – „Die Polizei. Wir sind ins Schwimmbad eingebrochen." Michael grinste bei der Erinnerung. „Haben sie euch erwischt?" – „Nein. Wir haben Glück gehabt."

„Also. Irgendjemand will hier irgend jemandem einen Schreck einjagen. Fragt sich nur wer und wem. Und derjenige lässt sich das richtig was kosten. Die Bilder hat auf jeden Fall ein Profi gemacht." Wiebke schaute in die Runde. „Entweder ein Einzelhändler, ein Konkurrent von euren Hippie-Freunden, oder ein neugieriger und konservativer Nachbar, vermutlich Rentner oder Rentnerin – oder natürlich dein Ehemann. Du bist doch verheiratet, oder?"

„Ja. Aber das ist so gut wie ausgeschlossen. Er ist die ganze Zeit auf Dienstreise und hat wohl kaum etwas mitbekommen." – „Auf Dienstreise, ja? Kann ich verstehen. Wäre ich an seiner Stelle auch, wenn ich so ein Luder als Frau hätte."

Wiebke blies nachdenklich den Rauch aus. „Also zu Option zwei, der nachbarschaftliche Kehrwochen-Überwachungsdienst. Seid ihr vorher schon durch öffentliche Zurschaustellung negativ aufgefallen? Oder habt ihr es sonst nur – wie anständige Leute – in geschlossenen Räumen getrieben?"

„Na ja. Genau genommen war es das erste Mal, dass wir es überhaupt miteinander getrieben haben." Michael schenkte sich Kaffee nach.

„Hast du die anderen zwei schon angerufen?" – „Ja, aber die haben keinen blassen Schimmer, wer das sein könnte."

„Es muss dein Mann gewesen sein. Wäre es ein Feind eurer Hippie-Kumpels, würde er sich einerseits auf die beiden konzentrieren, wozu sollte er auch euch zwei erschrecken. Außerdem wäre es schwierig für ihn, eure Anschriften so schnell herauszufinden. Das war doch erst vor kurzem, oder? Warm genug zum draußen vögeln ist es erst seit ein paar Tagen."

Die beiden schauten Wiebke fragend an. „Nun ja, die Anschrift der beiden kennt der Fotograf, schließlich seid ihr direkt zu ihnen gerannt. Wäre er nur hinter den beiden her, hätte er euch zwei zwar auf dem Heimweg verfolgen können, er wäre allerdings vor zwei Hauseingängen mit je zehn Namensschildern an der Tür gelandet. Welcher Briefkasten zu welchem Bewohner gehört, hätte er so schnell nicht in Erfahrung gebracht. Ergo: er oder sie muss mindestens einen von euch kennen und den Namen des anderen leicht herausfinden können. Außer natürlich, wir hätten es mit einem richtigen Geheimdienst zu tun, der ohnehin jede Menge Daten über euch gespeichert hat. Aber das glaube ich eher nicht."

Michael schaute wieder und wieder die Bilder an. „Moment mal!" Er stand hastig auf und verließ die Küche. Die beiden Frauen schauten ihm fragend hinterher.

Nach einer Minute kam er zurück und knallte einen blauen Schnellhefter auf den Tisch. „Schaut euch das an. Fällt euch was auf?"

„Bewerbung als strategischer Einkäufer. Soll das jetzt ein Vorstellungsgespräch werden?" Wiebke runzelte die Stirn. „Nein, das Bild, schau dir das Bild an!" Michael war aufgeregt. „Klär uns auf!" – „Hier, links oben. Schau genau hin. Vergleich mal die Bilder."

Wiebke schaute zwischen den Bildern und Michael hin und her. „Hey, du hast Recht! Bravo! Komm mal rüber, Sabine. Und schau dir das an. Wir haben eine heiße Spur."

Sie beugten sich zu dritt über die Bilder. Wiebke deutete auf einen kleinen, weißen Strich in der linken oberen Ecke. Er war auf jedem Bild zu sehen, immer an der gleichen Stelle. „Das muss ein Fussel auf dem Objektiv sein, oder Staub in der Optik. Definitiv war das die gleiche Kamera. Der Fotograf hat sich verraten!"

„Fotografin." Michael setzte sich wieder. „Eine Frau. Sie hat ein kleines Fotostudio im Gewerbegebiet. Eigentlich eine wenig vertrauenerweckende Hinterhofklitsche. Ich bin wegen der Bewerbungsbilder dort hin gegangen, weil ich irgendwie Hemmungen hatte, zu einem normalen Fotografen in der Stadt zu gehen."

„Ach du armer. Schämst du dich so arg wegen der Sache mit deinem Job, dass du dich nicht zum Fotografen traust?" – „Na ja, du hast mir ja wochenlang deutlich gemacht, was für eine Schande das ist. Zumindest dachte ich das, du weißt ja."

„Immerhin hat uns das zu dieser Fotografin geführt. Nur wo ist das Motiv? Hast du mit ihr auch gepoppt? Ist sie eifersüchtig?" – „Nein. Und ich habe auch die Rechnung bezahlt. Es gibt also keinen Grund, warum sie mir nachspionieren sollte. Außer, sie macht das immer so. Quasi als Hobby. Aber warum in aller Welt sollte sie ausgerechnet mich observieren? Man sieht es mir doch nicht an, dass ich…"

„Schon gut. Wir werden sie fragen. Hast du die Adresse? Wir fahren gleich hin. Die kaufen wir uns. Los, anziehen!"

Michael folgte Wiebke ins Schlafzimmer. „Sie ist ganz süß, deine Sabine. Wenn ich ein Kerl wäre, würde ich sie auch flach legen." – „Wie, du hast es auch mit drei Freunden von deinem Stecher getrieben?" – „Ich habe dir ja gesagt: Abgefahrene Partys und so. Der Trend geht eindeutig zum Gruppensex." Wiebke grinste. „Ich bin eben nicht nur eine gute Krankenschwester, sondern auch eine gute Dompteuse." – „Du hast sie alle vier…" – „Sie waren Staub unter meinen Füßen. Du kannst stolz auf mich sein!" Wiebke zog das weiße Oberteil aus und schlüpfte in ein olivgrünes T-Shirt. Dazu passend zog sie eine gefleckte Militärhose und schwarze Stiefel an. „Das habe ich ja noch nie an dir gesehen." – „Gehört zu meinen Utensilien. Für gewisse Partys." – „Und ich dachte immer, du triffst dich mit deiner besten Freundin." – „Ich habe keine beste Freundin. Ich habe überhaupt keine Freunde. Keinen außer dir." Sie küsste ihn auf die Wange.

Michael zog hastig Jeans, T-Shirt und Turnschuhe an und folgte Wiebke in den Flur. Gemeinsam mit Sabine verließen sie die Wohnung. Sie gingen zu Wiebkes Auto, einem alten Kleinwagen französischer Bauart. Ein lautes, nagelndes Geräusch ertönte, als sie den Motor startete. Eine dicke Rußwolke quoll aus dem rostigen Auspuff. Mit deutlich überhöhter Geschwindigkeit rasten sie durch die Stadt.

„Weißt du, Sabine, ich treffe mich ab und zu mit anderen Männern, um gewisse – sagen wir mal Neigungen – auszuleben. Michael hat sicher die eine oder andere Andeutung gemacht, um welche Vorlieben es sich dabei handelt. Ich möchte es Michael nicht antun, dass er diese Praktiken immer über sich ergehen lassen muss. Wenn ich mich allerdings nicht ab und zu austobe bin ich unausstehlich, und ich möchte Michael auch nicht unter meinen Launen leiden lassen. Deshalb treibe ich's mit anderen Männern. Und du glaubst gar nicht, wie viele Männer darauf abfahren, sich von mir fertig machen zu lassen." Michael warf mit sarkastischer Miene ein: „Du siehst, meine Frau betrügt mich nur mir zu Liebe." – „Genau. Und Michael geht zu anderen Frauen, weil er ab und zu auch mal oben liegen möchte, was ich gut verstehen kann. Außerdem will er hin und wieder Sex haben, ohne befürchten zu müssen, danach blutüberströmt in die Notaufnahme zu müssen."

„Krass." Sabine schüttelt den Kopf.

„Bleibt die Frage offen, warum du deinen Mann betrügst, Sabine."

Sabine schwieg.

„Das mit der Notaufnahme war übrigens übertrieben. Mein Michael hat noch nie bleibende Schäden davongetragen. Zumindest keine körperlichen. Und jetzt erzähl' uns, was zwischen dir und deinem Mann läuft oder auch nicht läuft."

„Also gut. Mein Mann rührt mich seit ewigen Jahren nicht mehr an. Ich dachte erst, er hätte zu viel Stress, oder eine Phase der sexuellen Unlust, so etwas soll es ja geben. Allerdings habe ich vor kurzem festgestellt, dass er nahezu täglich onaniert. Erst war es nur eine Schlafanzughose mit verräterischen Flecken, die ich durch Zufall entdeckt habe. Als ich dann die Wäsche genauer unter die Lupe genommen habe – ihr könnt es euch nicht vorstellen – nahezu jede Unterhose, jedes T-Shirt hatte Flecken oder weiße Ränder. Von sexueller Lustlosigkeit kann also keine Rede sein. Und alle, wirklich alle Verführungsversuche meinerseits sind in den letzten Jahren kläglich gescheitert. Tja, und nachdem ich auch nicht jünger werde und gewisse Bedürfnisse habe…"

„Verstehe ich. Hast du dir schon mal Gedanken darüber gemacht, warum dich dein Mann nicht mehr anfasst? Warum er seine Triebe lieber auslebt, indem er heimlich wichst?"

„Vermutlich gefalle ich ihm nicht mehr, das liegt doch auf der Hand. Ich bin ihm zu dick, zu alt, zu runzlig. Wie gut, dass es andere Menschen gibt, die es gerne mit mir treiben." Sie lächelte Michael vielsagend an.

„Hm. So ganz kann ich das nicht glauben. Du hast auf jeden Fall mehr Sexappeal als eine Unterhose. Ich könnte mir vorstellen, dass es andere Gründe sind. Hast du mal darüber nachgedacht, dass er Ängste haben könnte? Viele Männer haben das. Angst, nicht mehr attraktiv zu sein. Angst, es nicht mehr zu bringen. Versagensängste, Minderwertigkeitsgefühle. Sieh' dich an: du bist ein ziemlich heißer Feger. Kann es sein, dass er sich dir in sexueller Hinsicht nicht oder nicht mehr gewachsen fühlt? Dass er deshalb allem körperlichen aus dem Weg geht? Denk' nur an seine gruseligen braunen Kordhosen: die halten die Frauen besser fern als jeder Keuschheitsgürtel. Das macht er mit Absicht.

„Wir sind da. Da vorne ist es." Michael deutete auf den Nebeneingang zu einer alten Fabrikhalle.

„Das gibt's doch nicht: Das ist das Auto von meinem Mann!", entfuhr es Sabine.

**Die Agentin**

Lothar war immer noch ganz aus der Fassung. Dass seine Frau außerehelichen Sex praktizierte, hatte er mittlerweile einigermaßen verdaut. Die Tatsache jedoch, dass sie nicht nur minderjährige Jungs vernaschte, sondern auch noch wilde Drogen- und Sexpartys veranstaltete, nächtlichen Gruppensex im Freien betrieb – kurz, dass sie eine wild gewordene Sexbestie war, das machte ihn dann doch ziemlich fertig.

Kopfschüttelnd klickte er sich durch die Bilder auf dem Notebook. Die Beweisfotos der nächtlichen Orgie. Sabine, wie sie gemeinsam mit dieser anderen Frau den Penis des Nachbarn lutschte und dabei von hinten gefickt wurde, von diesem haarigen Gorilla. Energisch klickte er die Bilderserie weg und öffnete den nächsten Ordner: Die Bilder der heimlich in der Wohnung installierten Kameras. Der Halbwüchsige, der sein Sperma auf Sabines Kleid spritzte. Sabine, wie sie sich vor dem Spiegel selbst befriedigte, ihre Muschi rieb und an ihren Titten leckte. Und wieder der Nachbar, der ihr von hinten an den Busen grapschte.

Ines versuchte, ihn zu trösten, streichelte liebevoll seinen Arm. Sie machte sich ziemliche Vorwürfe: Hätte sie doch einen anständigen Beruf, würde sie nur nicht am laufenden Band durch diese lächerlichen Detektiv-Geschichten die Ehen und Beziehungen anderer Menschen aufs Spiel setzen. Der arme Mann. Es wäre wirklich besser gewesen, wenn er das eine oder andere

Detail über seine umtriebige Frau nie herausgefunden hätte.

Andererseits: Nicht sie war es, die seine Ehe zerstörte, sondern seine untreue Ehefrau. Sie selbst war lediglich der Katalysator, der die Reaktion in Gang brachte. Und letztendlich konnte dieser Mann – falls er es denn wollte – seine Ehe nur retten, wenn er wusste, was los war. Und wenn nicht: Er sollte zumindest wissen, dass er von vorne bis hinten betrogen wurde. Und zwar jetzt, so lange er noch in seinen besten Jahren war und eine andere Frau finden konnte, um noch mal von vorne zu beginnen. Was gibt es schlimmeres, als am Lebensende feststellen zu müssen, dass das ganze Leben eine Lüge war?

Außerdem: Sie musste sehen, wie sie selbst durchs Leben kam. Das Fotostudio warf einfach nicht genügend ab. Von den mageren Aufträgen für Hochzeitsfotos und den Bildern von Firmenjubiläen zu leben war kaum möglich. Zumal seit dem Siegeszug von Digitalkamera und Smartphone die Menschen dazu übergegangen waren, ihre Fotos selbst zu machen.

Der Nachteil für ihr persönliches Leben war nur, dass sie selbst nicht mehr in der Lage war, sich auf jemanden einzulassen, Tag für Tag die Dokumentation des Scheiterns von Beziehungen vor Augen. Nur wenige ihrer Kunden schafften es, ihre Beziehungen zu retten.

Wird es diesem Mann gelingen? Oder wird er sich trennen? Lässt er sich vielleicht selbst auf eine Affäre ein, die häufigste Art, das betrogen sein zu verarbeiten?

Sie sah ihn an: Ein Mann Mitte Vierzig. Etwa in ihrem Alter. Eigentlich recht gut aussehend, würde er nicht wie ein Häuflein Elend neben ihr auf dem Sofa kauern. Und wäre da nicht diese furchtbare, braune Kordhose. Sollte sie ihm vielleicht die Adresse von ein, zwei Kundinnen geben, denen ähnliches wie ihm widerfahren war? Sie hatte schon öfter darüber nachgedacht, ihr Angebot um eine Partnervermittlung für die Opfer von Ehebruch zu erweitern. Oder sollte sie ihn vielleicht selbst verführen...

Lothar schaute sie mit hängenden Mundwinkeln an. Er sah aus wie ein geprügelter Hund. Ines lächelte ihn aufmunternd an und strich ihm durchs Haar.

Seit er die Gewissheit über die Umtriebe seiner Gemahlin hatte, war Ines seine einzige Bezugsperson. Mit anderen Menschen über die Untreue seiner Frau zu reden hätte er als zu erniedrigend empfunden. Somit war sie seine einzige Vertraute.

Er betrachtete sie. Mittelgroß, sehr schlank, hellblonde Haare, blaue Augen, ein wenig blass. Die Lachfalten um ihre Augen ließen zwar Rückschlüsse auf ihr nicht mehr ganz blutjunges Alter zu, wirkten jedoch durchaus sympathisch. Sie war in vielerlei Hinsicht das krasse Gegenteil zu seiner untreuen Gemahlin: Sie hatte ganz schlanke Beine, schmale Hüften und fast keinen Busen. Dazu die helle Haut und die hellen Haare. Nichts an ihr erinnerte an Sabine. Sehr, sehr angenehm.

Lothar wandte sich wieder dem Computer zu. Er öffnete den nächsten Ordner. „Halt!" Ines griff nach seiner Hand, wollte ihn zurückhalten. Zu spät. Lothar sah sein Spiegelbild vor sich, das anfing, sich zu bewegen. Was war das denn? Die rechte Hand seines Spiegelbildes verschwand hinter dem unteren Bildrand. Lothar wurde blass. Das mussten Aufnahmen der Webcam seines Notebooks sein! Sein rechter Arm begann, sich rhythmisch zu bewegen. Es war offensichtlich, was er da tat…

Verschämt schaute er Ines an. „Du hast meine Webcam angezapft!" – „Hey, es tut mir leid! Berufskrankheit!" – „Oh, ist das peinlich!"

Ines beeilte sich, den Film zu stoppen. „Das braucht dir nicht peinlich zu sein, wirklich!"

Betroffen nahm Ines wahr, dass er völlig zerknirscht war. Der arme: erst die Gewissheit, von vorne bis hinten betrogen zu werden, und jetzt auch noch die beschämende Peinlichkeit, beim Onanieren erwischt worden zu sein. Sie musste reagieren, verhindern, dass er bei nächster Gelegenheit aus dem Fenster springen würde.

„Hey, du tust es, ich tue es. Es wäre gelogen, wenn ich behaupten würde, dass ich die erotische Komponente meines Berufs nicht genießen würde." Sie flüsterte ihm ins Ohr: „Ich schaue mir gerne die Beweisbilder und Filme an und besorge es mir dabei. Du bist also nicht der einzige."

Lothar schaute sie fragend an. „Ich zeig' dir mal was." Ines klickte sich durch verschiedene Ordner und wählte eine Datei an. „Schau' mal hier. Ein treu sorgender Familienvater mit seiner Sekretärin im Swingerclub."

Mit großen Augen betrachtete Lothar den Film. Ein großer Raum, mehrere Paare, die es miteinander trieben. Eine spärlich bekleidete Kellnerin mit einem Tablett in der Hand lief durchs Bild. Lautes Stöhnen ertönte aus den Lautsprechern des Notebooks. Das Bild fokussierte auf ein Paar, das in der 69er-Stellung eng umschlungen war. Lothar bekam eine Erektion. Ines war dicht an ihn heran gerutscht, er fühlte die Wärme ihres Körpers an seiner Seite. Sie legte ihre Hand auf seinen Oberschenkel, ziemlich weit oben. Ihre andere Hand lag auf seiner Schulter. Er schaute sie an. Ihr Gesicht war ganz nah an seinem. Sie schauten sich tief in die Augen. Lothar fühlte, wie sein Reißverschluss geöffnet wurde. Er war elektrisiert, als er ihre Hand fühlte, die seinen Schwanz aus der Hose befreite. Sie begann, seinen Schwanz zu wichsen. Sie legte ein Bein über seinen Oberschenkel. „Ich will auch, mach's mir!" flüsterte sie ihm ins Ohr. Er schob seine Hand unter Ines' Rock und begann zaghaft, ihre Möse zu massieren.

Sie saßen eng aneinander gekuschelt nebeneinander auf dem Sofa, Arm in Arm, Wange an Wange, schauten den Film an und befriedigten sich gegenseitig, während lautes Stöhnen und wilde Lustschreie aus dem Lautsprecher ertönten.

Plötzlich ging die Tür auf und schlug mit einem lauten Knall gegen die Wand. Drei Personen betraten energisch den Raum. Allen voran Wiebke im Militär-Outfit, dicht gefolgt von Michael und Sabine.

Ines fühlte, wie Lothar zusammen zuckte und seine Hand unter ihrem Rock zurückzog. Sie dachte allerdings gar nicht daran, sich von den dreien unterbrechen zu lassen. Die sollten sich bloß nicht so aufspielen, diese Fremdgeher, besonders nicht die Schlampe mit den großen Titten. Eifrig fuhr sie damit fort, Lothars Schwanz zu wichsen. Kalt lächelnd schaute sie dabei Sabine an. Ein Gefühl der Macht durchfuhr Ines. „He, mach weiter! Wir sind die Guten! Die haben kein Recht, uns zu unterbrechen." Lothar, im Zustand höchster Erregung, tat wie ihm geheißen.

Die drei blieben wie gebannt stehen und schauten fassungslos auf das Schauspiel, das sich ihnen bot. Lautes Porno-Gestöhne erfüllte den Raum. Lothar verdrehte die Augen und spritzte ab. Ines beugt sich, immer noch kalt lächelnd, zu seinem pulsierenden Schwanz hinunter und leckte an ihm. Dann richtete sie sich wieder auf, kuschelte sich an Lothar, fuhr sich genüsslich mit der Zunge über die Lippen, Sabine nicht aus den Augen lassend.

Das Gefühl der Macht, Lothars eifrige Massage, das Swingerclub-Stöhnen, die bedröppelten Gesichter der drei ungebetenen Besucher, und ja: das Sich-zur-Schau-Stellen, das Ausleben einer bisher ungekannten exhibitionistischen Neigung, all das ließ Ines' Erregung in einem unglaublich heftigen Orgasmus gipfeln. Sie machte keinen Hehl daraus: Sie bäumte sich auf, gab ohrenbetäubend laute Lustschreie von sich, schlang ihre Beine um Lothar und rieb ihren Unterleib an ihm, und ließ sich schließlich in einer gekonnten Inszenierung gemeinsam mit ihm zu Boden fallen.

Wiebke klatschte Beifall. „He, das war richtig bühnenreif. Ihr solltet unbedingt über eine Filmkarriere nachdenken!" Sabine war fassungslos, ihr fehlten die Worte. Michael hatte einen Steifen.

Ines ließ von Lothar ab, stand auf und richtete ihre Kleider. „Kaffee? Mit deinem Lieblingsgetränk Wodka Lemon kann ich leider nicht dienen, Sabine."

Lothar stand ebenfalls auf und packte seinen mittlerweile schlaff herunter baumelnden Schwanz weg. „Hallo Sabine." – „Hallo Lothar." Ines nahm Lothars Hand und sagte: „Komm, mein Geliebter, lass uns Kaffee für unsere Gäste aufsetzen." Sie küsste ihn auf die Wange und zog ihn an der Hand hinter sich her in die kleine Küche. Lothar machte die Küchentür hinter ihnen zu und sagte. „Du bist ja völlig wahnsinnig, Ines!" – „Pssst!" Sie legte ihm den Finger auf die Lippen. „Das war das Beste, was passieren konnte. Oder fühlst du dich wohl in deiner Opferrolle? Das hast du doch gar nicht verdient! Hätten wir nicht weiter gemacht, wäre das ein Schuldeingeständnis gewesen. Vergiss nie: sie hat angefangen, dich zu betrügen. Es ist dein gutes Recht, Sex mit einer anderen zu haben. Und sie hat dich gefälligst nicht dabei zu unterbrechen." Sie küsste ihn auf den Mund. „Und ich fand es absolut geil!"

Ines setzte Kaffee auf. Lothar beobachtete die Bewegungen ihres schlanken Körpers. Eigentlich hatte sie Recht. Und ja: es war ziemlich geil. Endlich nicht mehr nur hilfloser Zeuge der Sexorgien seiner Frau zu sein, sondern vor ihren Augen selbst Sex zu haben. Täter zu sein, nicht Opfer. Ihr zu beweisen, dass er sehr wohl ein sexuelles Wesen war. Und diese Ines war echt ein heißer Feger. Lothar leckte an den Fingern, mit denen er sie vorhin befriedigt hatte. Sie schmeckte köstlich. Er war schon wieder erregt.

Ines drehte sich zu ihm um und lächelte ihn an. Lothar umarmte sie und küsste sie auf den Mund. Ines spürte seine Erektion. Sie öffnete abermals seine Hose. Dann entwand sie sich aus seiner Umarmung und zog ihren Slip aus. Sie raffte ihren Rock bis zur Taille hoch, setzte sich auf die Küchenablage und spreizte demonstrativ die Beine. Lothar umfasste ihre Hüften und drang in sie ein. Laut stöhnend schlang sie die Beine um ihn und stützte sich mit den Händen hinter sich auf die Arbeitsplatte. Gierig drängte sie sich seinen Hüftstößen entgegen. Es war schon eine ganze Weile her, dass sie richtigen Sex gehabt hatte. Sex mit einem Mann, und nicht mit ihrer rechten Hand. Ines litt unter dem Phänomen, dass sie von Männern generell als eine Art Kummerkasten wahrgenommen wurde und nicht als Frau. Sie war der Typ beste Freundin. Selbst auf der Swingerparty, von der sie Lothar die Filmaufnahmen gezeigt hatte, war nichts gelaufen außer Smalltalk.

Noch bevor die Kaffeemaschine durchgelaufen war, waren beide gekommen. Um ihre drei Gäste im Nebenraum darüber nicht im Unklaren zu lassen stöhnte Ines wie eine wilde. Lothar tat es ihr gleich, zwar etwas weniger hemmungslos, jedoch immer noch in einer ziemlichen Lautstärke.

Währenddessen hatten sich die anderen drei auf das Sofa gesetzt und sich dem Notebook zugewendet. Dass sie die Bilder von Sabines und Michaels nächtlichen Exzessen darauf finden würden war ihnen klar, über die Aufnahmen der Überwachungskameras in Sabines und Lothars Wohnung war Sabine jedoch einigermaßen entsetzt.

„Jetzt weißt du auch, warum seine Unterwäsche regelmäßig Flecken hat." Sagte Wiebke, als sie den Mitschnitt von Lothars Webcam entdeckten.

In diesem Moment ertönte das Gestöhne aus der Küche. „Die wollen dir etwas beweisen, Sabine. Und ich kann sie verstehen: Du vögelst wild in der Gegend herum und tauchst hier als Moralapostel auf." − „Ich weiß nicht: immerhin hat sie meine Wohnung verwanzt, so eine Sauerei. Und jetzt vögelt sie mehr oder weniger vor meinen Augen mit meinem Spanner von Ehemann. Noch-Ehemann, wollte ich sagen." − „Überleg' dir gut, ob du dich deshalb von ihm trennen willst. Denk' daran: Wer frei von Schuld ist werfe den ersten Stein." − „Die Situation ist so verfahren, ich weiß auch nicht. Wie soll eine Beziehung jetzt noch möglich sein?"

Wiebke startete wieder den Film, der gelaufen war, als sie das Fotostudio betreten hatten. „Hier, schau dir das an. Zigtausende Paare rennen zu solchen Partys und poppen durch die Gegend, was das Zeug hält. Und trotzdem führen sie eine mehr oder weniger harmonische Beziehung. Oder vielleicht sogar

203

deswegen. Was sagst du dazu, Michael?" – „Der Mensch ist nicht für die Monogamie geboren." – „Siehste. Und diese Ines ist doch ganz knackig, oder? Zumindest hat er einen guten Geschmack."

Die Küchentür ging auf. Ines trug eine volle Kaffeekanne und Milch vor sich her. Lothar folgte ihr mit Tassen und einer Zuckerdose. Nachdem jeder mit Kaffee versorgt war setzen sich die beiden auf zwei Stühle gegenüber des Sofas.

„Also. Wie ihr herausgefunden habt dokumentiere ich seit einer Weile in Lothars Auftrag Sabines Intimleben. Er kam mit gewissen Befürchtungen zu mir, die sich – wie wir wissen – als nicht ganz unberechtigt herausgestellt haben. Das ist nun mal mein Job. Ich bin Privatdetektivin."

„Und ich dachte, du würdest deinen Lebensunterhalt als Fotografin verdienen." Michael schüttelt den Kopf.

„Das würde ich gerne. Mit den paar Bewerbungsfotos ist allerdings immer weniger verdient. Also brauche ich ein zweites Standbein. Und da ich einerseits nichts anderes gelernt habe, und andererseits das spionieren ziemlich gut kann…"

Wiebke fixiert Ines. „Wo hast du das eigentlich so gut gelernt?" – „Das erzähle ich euch vielleicht ein andermal." – „Na komm, sag schon. Nachdem dank deiner eifrigen Aufklärungsarbeit so einige intime Details ans Tageslicht gekommen sind, kannst du ruhig auch etwas von dir preisgeben."

„Na gut. Ich bin im Osten aufgewachsen, in Leipzig. Und wie alle wissen gab es damals schon die Leipziger Messe, die von sehr vielen West-Geschäftsleuten besucht wurde. Diese Leute haben mit ihrem West-Geld um sich geworfen. Viele Leipziger Frauen haben sich damals prostituiert. Genau genommen sind die Mädels aus der ganzen Republik angereist, um ein bisschen harte Währung zu verdienen. Die meisten der Mädels haben nebenher fürs MfS gearbeitet. Die Stasi-Leute haben die Mädels erpresst und eingeschüchtert. Sie wurden reihenweise gezwungen, ihren delikaten West-Kontakten Geheimnisse und Informationen aller Art zu entlocken. Ich war eines dieser Mädels. Und ich war die Beste. Nicht im Abschleppen von Männern, ganz im Gegenteil: ich war viel zu schüchtern." – „Kaum zu glauben." – „Wenn ich allerdings einen am Haken hatte, habe ich alles über ihn und seine Arbeit herausgefunden, einfach alles. Das hat meinen Führungsoffizier schwer beeindruckt. Und so bin ich von der informellen Mitarbeiterin zur hauptberuflichen Schnüfflerin zwangsbefördert worden. Ich wurde ausgebildet und in den Westen geschickt. Doch kurze Zeit später ist die Mauer gefallen, die DDR hat aufgehört zu existieren und meine Karriere war beendet."

„Und jetzt nutzt du deine Kenntnisse, um fremde Wohnungen zu verwanzen und Swinger-Partys zu filmen. Wie hast du eigentlich diesen Film gedreht? Ich dachte, das wäre unmöglich, weil diese Leute einen großen Wert auf Diskretion legen." – Ich habe die

Kamera in mein Mieder eingenäht. Was willst du noch wissen?"

Ich weiß alles, was ich wissen muss, dachte Michael. Punkt eins: Die gestrigen Überlegungen mit Wiebke über ihre berufliche Zukunft waren in die völlig falsche Richtung gegangen. Man sollte einen Swingerclub eröffnen, und zwar gemeinsam mit all diesen durchgeknallten Leuten. Punkt zwei: Diese Stasi-Tussi kam wie gerufen, was sein unfreiwilliges Ausscheiden aus der Firma betraf: Er würde die Hintergründe seines Rauswurfs in Erfahrung bringen und sie würde ihm dabei helfen. In seinem Kopf begann nämlich gerade ein teuflischer Plan Gestalt anzunehmen. Jetzt galt es nur noch, alle beteiligten zu überzeugen. Was angesichts der Spannungen zwischen den verschiedenen Personen nicht ganz leicht werden würde. Er beschloss, als erstes Wiebke für seine Ideen zu begeistern, der Rest würde sich ergeben – oder auch nicht.

Ines stand auf, um den anderen Kaffee nachzuschenken. Sabines Blick fiel auf ein Sperma-Rinnsal, das an Ines' Oberschenkel herunter rann. Sie war immer noch völlig durch den Wind: Die sexuellen Grenzerfahrungen in den letzten Tagen, der Schock der Beweisfotos heute früh, die entwaffnende Offenheit dieser uniformierten Vollblut-Domina, die beschämende Erkenntnis, dass ihre intimsten Geheimnisse ausspioniert worden waren, und all das gekrönt davon, ihren Ehemann beim Sex mit einer anderen überrascht zu haben – die es sich auch noch nicht nehmen ließ, auf provokativste Weise ihre

206

Besitzansprüche an ihrem Mann geltend zu machen – und der ließ sich auch noch darauf ein. Sabine fühlte sich, als würde ihr der Boden unter den Füßen weggezogen. Und sie fühlte noch etwas: Wut. Wut auf diese Schlampe. Und Trotz. Ja: sie war selbst eine Schlampe, wie für alle anwesenden Dank dieser Schnüfflerin offenkundig geworden war. Sie würde sich von dieser Tussi allerdings nicht in die Defensive treiben lassen. Ganz im Gegenteil.

„Hey, du hast da was." Sabine beugte sich über den Tisch, schob die Hand zwischen Ines' Schenkel und streifte mit dem Finger ein wenig von dem Sperma ab. Sie steckte den nassen Finger in den Mund und lutschte das Sperma ab. „Das gehört meinem Mann, ist also quasi mein Eigentum." Ines war völlig perplex. Sabine lächelte ein teuflisches Lächeln. „Komm mal her, Süße." Sabine griff Ines' Hand und zog sie zu sich her. Sie schob ihre Hand unter den Rock der schockierten Ines und streichelte mit den Fingerspitzen die Innenseiten deren Oberschenkel. Mit kreisenden Bewegungen näherte sie sich der Region, an welcher Lothars Sperma aus ihrem Körper austrat. Als Sabine Ines' Möse berührte, fiel der beinahe die Kaffeetasse aus der Hand.

„Hey, im Gegensatz zu dir bin ich nicht bisexuell!" Ines' Stimme zitterte. „Du weißt es nur noch nicht, Schätzchen." Ines' Gesicht war stummer Protest. „Komm an meinen Busen, schönes Kind!" Mit der freien Hand zog Sabine sie auf ihren Schoß. Ines war nicht in der Lage, sich zur Wehr zu setzen. Die Berührung in ihrem Schoß war ungeheuer intensiv – kein Wunder, war sie doch durch den einen oder anderen Orgasmus noch etwas überreizt. Doch unabhängig davon: Ines war elektrisiert…

Und noch jemand war elektrisiert: Michael. Mit offenem Mund starrte er die beiden Frauen lüstern an.

„Ich denke, für uns ist es jetzt Zeit zu gehen." Wiebke stand auf und bedeutete Michael, es ihr gleich zu tun. Der stand nur sehr widerwillig auf, die beiden Frauen nicht aus den Augen lassend. „Komm, überlassen wir die drei ihrem Schicksal. Tschüs, schönen Tag noch!" Wiebke zog den protestierenden Michael sehr bestimmt hinter sich her zur Tür.

*Liebe Leserin, lieber Leser,*

*ganz herzlichen Dank dafür, dass Sie mein Buch gelesen haben. Hat es Ihnen gefallen? Ich bitte Sie um Ihr Feedback an cris.meyer@gmx.de.*

*Ich freue mich bereits auf Ihre Email.*

*Liebe Grüße*

*Ihr Cris Meyer*